献给我最亲爱的家人和朋友

For My Dearest Family and Friends

这些照片，即使黄了，斑驳了，仍然是我最珍贵的回忆，因为有你们，我永远不会忘记这段充满爱与勇气的旅程。每一个笑容，都一直在我心中温暖着我。

献给我最亲爱的家人和朋友

我最亲爱的保姆

这张照片是爷爷和爸爸来领养我时拍下的，
可以从我那不情愿（刚哭过？）的表情看出我有多么舍不得离开她。
(见爷爷的序曲第1页)

谢谢你

第二部分提到我跟保姆的重逢。
分开了十六年，这位善良温柔的女士一直都记得我，
过年时还邀请我去她家吃饭，令我很感动。(见第67页)

我最亲爱的爷爷

爷爷当年跟着爸爸一起来中国领养我，
据说我很顽固且爱哭，让他们吃了不少的苦头！
但从相片中爷爷和我都笑得这么开心来看，我的心已经被收买啦~
这些年来，每当我感到迷茫时，总会向爷爷寻求建议。

我最亲爱的爸爸

这张照片也是我刚被领养时在中国拍的，
看样子他们当初为了哄我，真是费了不少心思呢~

献给我最亲爱的家人和朋友

全家人的第一张合影

爷爷、我、妈妈、姐姐、爸爸、奶奶（由左到右），
爷爷手中的行李还有飞机托运的封条呢~

我最亲爱的姐姐

姐姐玛吉比我早两年被爸妈领养，
从我踏上美国的那一刻起，她一直都在守护着我，
第一部分提到我们童年的许多趣事。（见第8页）

快乐童年

这时候的我刚到美国不久，虽然对我来说是全新的陌生地方，
我却很快就爱上这里了，笑得很灿烂吧！

姐弟情深

这张照片所代表的，不只是寻常的童年回忆，直到这趟寻亲之旅我才发现，
这是妈妈当初从美国寄给孤儿院报平安的照片之一，
相信院长和保姆收到时一定都很欣慰。

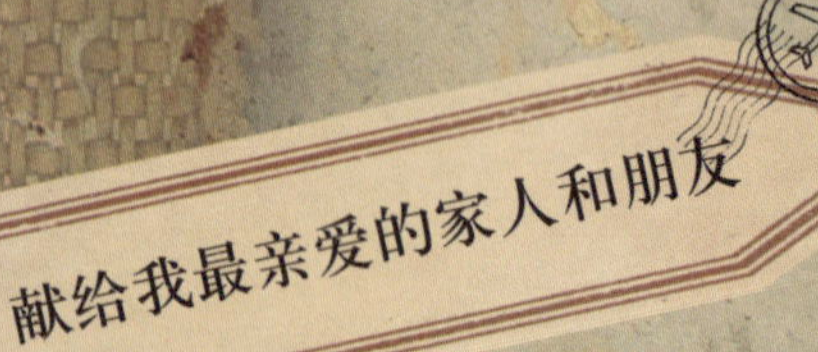

中国风

我和姐姐很可爱吧。如我在第一部分提到的，爸妈一直以来都很尊重我们的出生背景，希望我不要忘记自己的中国根源。（见第34页）

献给亲爱的外婆

爸爸身旁的是阿姨（妈妈的妹妹）和姨父，妈妈身旁的则是外公和外婆。这张照片是在外婆过世前一年拍的，虽然她已不在人世，不能看到这本书的诞生，但我相信她一直与我同在。

全家福

姐姐、我、妈妈和爸爸。我真的很爱你们，
不需要血缘关系来证明，我们真心深爱彼此。

万圣节

万圣节当然一定要有南瓜啰！！
亲手把南瓜挖空非常有趣，但可不是一件容易的事情啊~

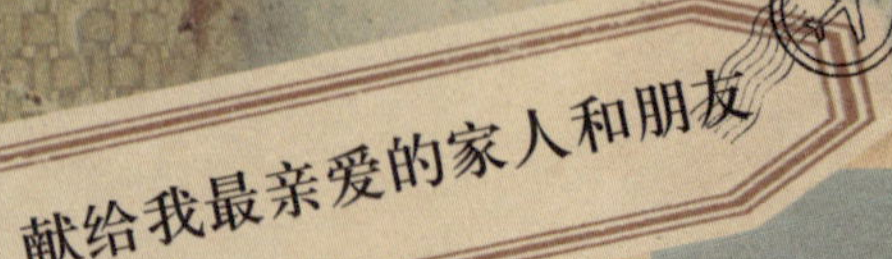

迎新舞会

这是我高一时要参加迎新舞会前和姐姐合照的。
这时我的身高已经追上了姐姐。

我的好朋友

吉莉恩是我在第一部分提到的那位改变我的神奇女孩。
从小被诊断出自闭症的她有很多才华，尤其擅长运动！
吉莉恩是全国知名的特殊奥运会保龄球选手，
她总是乐观积极，永不放弃的态度深深感动了我。（见第17页）

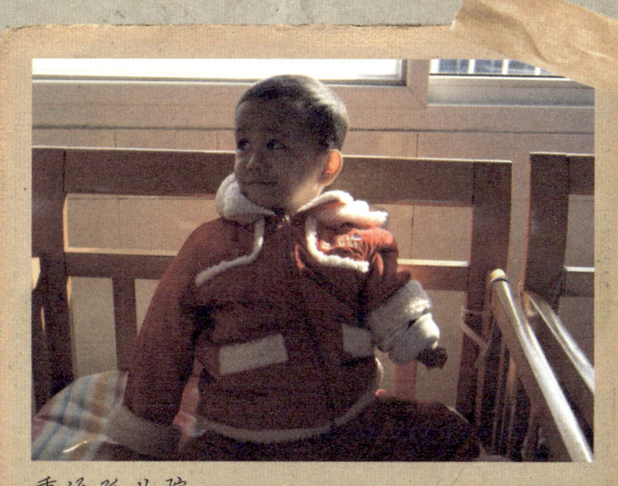

重返孤儿院

我觉得每个人有机会都应该来孤儿院看看，
亲自看那些孩子无辜的眼神。
我由衷希望这些孩子都能拥有爱他们的家人。

救命恩人

孤儿院告诉我当初在马鞍山体育馆捡到我的人叫“何文秀”，
通过派出所的帮助，我亲自登门致谢。
悲伤的是何女士已经过世了，照片中的老爷爷是何女士的丈夫。（见第94页）

献给我最亲爱的家人和朋友

谢谢莉莎

这就是在第二部分首度出场的DJ莉莎，
多亏有她向警察解释我不是入侵电台的坏人！
之后莉莎也帮了不少忙。（见第72页）

电台初体验

之前我从没想过自己竟然可以有机会上广播节目，
让整个马鞍山市的听众都帮我寻亲。

阳光村

孤儿院的孩子如果没有被领养，就住在这个阳光村，
政府会雇用父母来和他们一起生活，让孩子学习责任感。（见第81页）

我好像大明星

除了上电台，这趟寻亲之旅中也有很多其他媒体记者跟着我，
报道我的故事，真的很谢谢大家帮忙。

给我最亲爱的家人和朋友

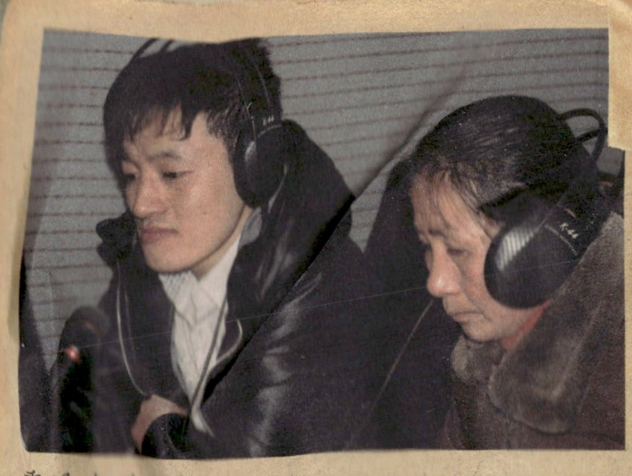

重返电台

在找到亲生家人之后，生父生母和哥哥跟我一起重返电台，
生父在这里没有入镜，
我很感动，也很感谢他们愿意这样站出来。（见第三部分第150页）

虽然录音室里的每个人都哭了，但我们的内心都很温暖。
我也要谢谢听众朋友的打气和祝福。

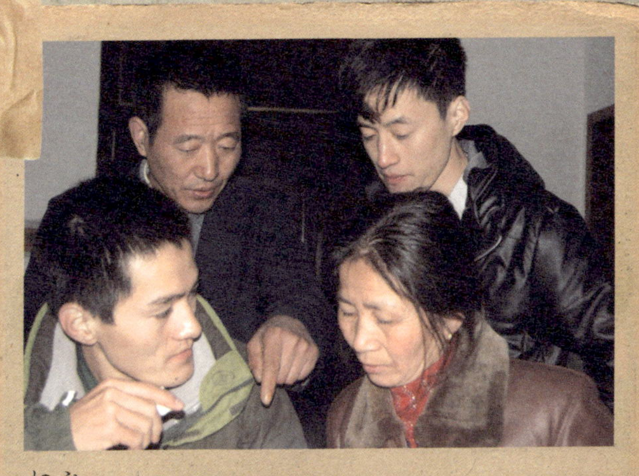

相认

一开始，我很坚持要先在饭店和生父生母聊过之后，
才决定下一步该怎么做。

当涂的家

第一眼看到时我实在不敢相信
这个“破烂小屋”
是我曾经住过四个月的地方，
也是我的生父、生母、哥哥、妹妹住了二十多年的“家”。
这让我发现我能拥有在美国的“第二次机会”是多么幸运。

献给我最亲爱的家人和朋友

我的哥哥

原本一直坚持自己住在饭店的我，

在离开前的最后一个晚上首度答应亲生父母留下来。

可以看出我跟哥哥一样很调皮，而且有着一模一样的下巴。

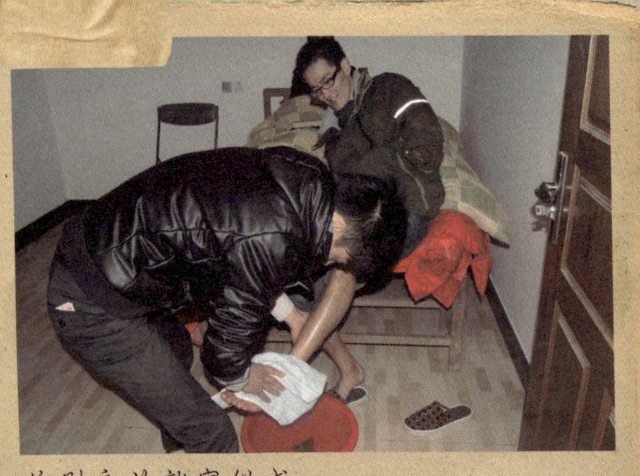

临别夜的就寝仪式

哥哥很坚持亲自用热水帮我洗脚，

而这时生父正躺在我的被窝里帮我暖被……

兄弟

从见面第一天起，我就感觉到了哥哥的真诚，

他的一些小动作都让我感受到他想守护我，就像我在美国的姐姐一样。

我的妹妹

没想到我还有一个跟我长得这么像的可爱妹妹。

我也是个哥哥呢！

献给我最亲爱的家人和朋友

大合照

哥哥的未婚妻和妹妹的男朋友都一起入镜。

我刚好参加了他们的订婚仪式。

我会再回来的

这段相处的时间虽然很短，但真的很快乐。我会好好珍惜这段回忆。

这趟寻亲之旅，就像童话故事的结局一样，幸福又快乐。

THE SECOND CHANCE

谁给了我生命

一个被遗弃男孩的中国寻亲记

〔美国〕马武宝 著　钟尚熹 译

译林出版社

图书在版编目（CIP）数据

谁给了我生命 ：一个被遗弃男孩的中国寻亲记 ／（美）马武宝著；钟尚熹译. —南京：译林出版社，2015.4

ISBN 978-7-5447-4283-2

Ⅰ.①谁… Ⅱ.①马… ②钟… Ⅲ.①纪实文学－美国－现代 Ⅳ.①I712.55

中国版本图书馆CIP数据核字（2015）第005428号

书　　名 谁给了我生命：一个被遗弃男孩的中国寻亲记
作　　者 〔美国〕马武宝
译　　者 钟尚熹
责任编辑 陆元昶
特约编辑 何　婷
出版发行 凤凰出版传媒股份有限公司
译林出版社
出版社地址 南京市湖南路1号A楼，邮编：210009
电子信箱 yilin@yilin.com
出版社网址 http://www.yilin.com
印　　刷 三河市祥达印刷包装有限公司
开　　本 640×960毫米　1/16
印　　张 13.75
字　　数 154千字
版　　次 2015年4月第1版　2015年4月第1次印刷
书　　号 ISBN 978-7-5447-4283-2
定　　价 28.00元

译林版图书若有印装错误可向承印厂调换

目 录

〔序曲〕

飞越万里，获致珍宝

理查德·哈里斯（Richard Harris）

作者的爷爷

一九九四年九月，我，理查德·哈里斯，跟我儿子，卡尔·哈里斯（Cal Harris），从美国俄勒冈州的波特兰搭上飞机，飞往洛杉矶及日本东京，再转机飞往中国上海。大约在九个多月前，卡尔跟他的太太米姬（Midge Harris），决定要领养第二个孩子，他们问我，愿不愿意跟卡尔一起去中国，到孤儿院把孩子带回来。我不知道为什么米姬愿意让我代替她做这件大事，但是，我毫不犹豫地一口答应："好，我想去。"我们等了又等，期待再期待，终于把书面文件及各项要求处理好，然后才真正展开这段长途飞行的跨海之旅。经过许多小时的飞行，飞越许多时区，从我们跨过国际日期变更线之后，我们已经搞不清楚，现在到底是昨天还是今天，再加上时差，我们的时间感变得更混乱了。

在上海完成通关手续之后，我们原本应该看到名叫亚当的人来接机，结果出现的人却叫李平。李平带着我们，还有其他一些同班机的游客，登上巴士，前往位于上海的饭店。机场外绵延数里等着载客的出租车长龙让我印象深刻，上海繁忙的交通，再加上行人及自行车穿梭在车阵中，这复杂的街景，充分显示了上海这个拥有一千四百万人口的城市的拥挤程度。

第二天早上，我们在餐厅吃早餐时，才见到导游王亚当，他是国际领养机构的人员。他向每一位领养的夫妇收取费用后，我们所有人在上午十点钟于饭店大厅集合。我跟卡尔，以及另外五对夫妇，坐上一辆巴士，车上有年轻的司机，以及一名女性随车人员。后来才知道，这名随车人员是中国政府雇用的导游，她负责带着我们游览中国庭园等观光景点，吃地道的中国菜，几餐下来，我们都渐渐习惯使用筷子了。

这天下午，我们再度搭上飞机，飞了三百英里远，直达中国内陆的城市合肥。孤儿院距离合肥市还有五小时的车程。我们没办法直接到孤儿院去，而是由孤儿院的工作人员把小孩带到合肥来，在我们停留的饭店会合。

到达合肥的第二天，我们先在饭店举行有关领养中国孩子的会议，会议进行到一半时，孤儿院的保姆带着孩子们走进会议室，他们就坐在我们的后面，等着会议结束。但是很明显，所有目光的焦点都在那五个婴儿以及马武宝身上，事实上，马武宝的个头不比婴儿大多少。

当我回房间去拿一些文件，再回到会议室时，这些孩子已经都跟新父母坐在一起了。卡尔坐在椅子上，抱着马武宝坐在他的大腿上，但是，马武宝看起来不怎么开心，两行热泪挂在脸颊上，他的保姆在一旁安抚他，帮他擦眼泪。过了一会儿，我试着把马武宝抱起来，但是他很不配合，还大声喊叫，我赶快把他还给卡尔。大约三十分钟之后，所有的程序都完成了，我们带着马武宝回到饭店房间，这短短的路程中，马武宝充分表现了他的肺活量及大力气呢。

回到房间后，我们用玩具车引诱他，但他把车子握在手中却不肯玩，只是继续哭闹，所以我们就再给他三辆玩具车。马武宝用他完好的右手臂，以及能干的半截左手臂，把所有的车子都揽在怀里，还好我跟卡尔都很擅长跟孩子玩，过了一会儿，我们三个人就像孩子一样玩在一起。到了要吃晚餐的时候，我们已经跟马武宝混得很熟了，我们甚至说服他，只带一辆车去餐厅吃饭就好，把其余的车子留在房间里。

晚餐时，所有的新“家庭”都坐在同一张圆桌旁，马武宝则坐在我跟卡尔之间，卡尔帮他夹了许多菜，马武宝对于使用筷子熟练得不得了。但是，他突然大叫一声，丢下所有的碗盘餐巾，跳下座位，跑走了。原来，他最喜欢的那位孤儿院保姆出现在另一桌，马武宝一看到她，就朝她跑过去，再也不肯回到我们这桌来吃饭了。

晚餐后，保姆把他带回我们的房间，打算把马武宝交给我们。可是马武宝坚决不肯离开保姆，他开始大哭大叫，死命抓着保姆，不肯放手，卡尔试着要抱他，马武宝反而更使劲地抓住保姆，甚至张口用牙齿来帮忙咬住保姆。幸好有王亚当的帮忙，最后我们终于说服他,先暂时跟我们待在一起一阵子。我们拿出新衣服、新玩具、书本等各种小孩子的玩意儿给他，而他除了喜欢那辆车之外，还很喜欢米姬为他准备的拖车。他还把所有的香蕉干、花生都吃光了。

到了上床的时间，我们想帮他换上睡衣，他却不肯，所以我们使出绝招让他看电视。他终于沉沉睡去，趁他熟睡时，我们想帮他把从孤儿院穿来的衣服换下来，但是，天啊，他竟然醒过来了，而且坚决不肯换掉“他的”衣服。于是他就穿着那身衣服睡到天亮，而且第二天又穿了一整天。马武宝睡觉的时候也很特别，他不仅动来动去，还踢来踢去，整个人根本就在床上转圈，甚至差点掉到床下去了。

马武宝跟我们相处了一整天之后，终于肯把身上的衣服换下来了，但是仍然不肯换掉那双颜色亮丽的便鞋。后来我们才知道，他离开孤儿院之前才刚得到这双鞋，对他来说，这象征他是个好孩子，他以拥有这双鞋子为傲。经过好多天之后，他才肯换上我们帮他买的鞋子，而且，从此之后，他再也没有穿回那双便鞋了。

在我们离开合肥的前一天晚上，卡尔要去柜台付账单，他前脚刚离开，马武宝就开始大哭，我告诉卡尔尽管去，没关系，他哭一下就会没事了，所以卡尔就到柜台去了。但是，几分钟之后，我们不得不屈服，卡尔说，他在走道尽头，上了楼梯，都还听得到马武宝的哭声。接下来几天，马武宝总是坐在卡尔的肩头，到处逛。他们两人成为同团家庭的榜样，再也没人担心会在中国汹涌的人潮中走失了。

我们这些外国人走在街头，十分醒目，就像是游行队伍似的。而且，只要我们一停下来，就会有中国人围绕在我们四周。他们对孩子很感兴趣，总是想伸出手摸摸他们。马武宝对这些中国人却只有一个反应，他会故意转头看其他方向，完全忽略那些想跟他说话的人。这样的情形发生了好多次，因此，我很讶异，在抵达俄勒冈州之后，他竟然那么快就能跟妈妈、姐姐及其他亲戚和朋友打成一片。这就好像是因为他在中国一直都得不到应得的注

意，所以他学会用不反应来面对这种情况[illegible]

在替马武宝办好护照签证之后，我们[illegible]着他返回美国，给他取名为怀亚特·马武宝·哈里斯（Wyatt M[illegible]wubao Harris）。怀亚特从此在美国有了新的生活，快乐地平安长大成人，他因为当交换学生在台湾待了两年，二〇一一年春天，他利用学校假期到中国大陆寻找他的亲生父母。由于他常怀疑，他的亲生父母究竟是不小心把他遗失在体育馆，还是故意把他丢在那里，他想要知道为什么父母会丢弃他，他想要当面见他的亲生父母，问他们“为什么”。这本书是怀亚特未完成的人生故事，他必须自己去找出答案。

——摘译自理查德·哈里斯写于
二〇一一年春天的回忆笔记

一

美好童年

我的名字是怀亚特·马武宝·哈里斯。

四岁以前，我会说中文，不知道父母是谁，住在孤儿院；

四岁以后，我在美国有个快乐童年……

01

我把英文变成我的母语了

一九九四年九月二十二日，一班飞机降落在美国俄勒冈州波特兰机场。

四岁的我，很自在地和爸爸跟爷爷在一起。我们走出航站大厅，许多人等在那里欢迎我，并且上前拥抱我。这些陌生人的笑脸跟亲吻让我无处可逃，而我只是紧抓着爸爸的手臂不放。

接着，有一个小女孩递给我一份礼物，让我终于松开爸爸的手臂，开始把玩新玩具——绿色恐龙。我发现只要压一下那只恐龙，它就会发出很大的声音，实在是太好玩了。

一大群人簇拥着我，我们一起来到机场附近的一间家庭式餐厅，吃了我在美国的第一餐。在接下来的一年，使用刀叉就成为我生活最主要的一部分。

我的爸爸卡尔·哈里斯和我的妈妈米姬·哈里斯都是美国人。几天前，我还住在中国的一家孤儿院里，爷爷理查德跟爸爸一起到合肥办理领养手续。当孤儿院保姆把我交给爸爸时，我又哭又叫，还咬了保姆一口，不过在跟爸爸、爷爷相处几天之后，我已经自在地跟他们玩在一起了。

刚到美国的我，除了学习如何使用刀叉，还要学习讲英文。

爸妈教我讲英文的方法非常野蛮，他们把我跟一群黏搭搭的幼儿园小孩丢在一起，希望我能够自然而然地学会童言童语。我至今仍可回想起那个画面：可怜的中国小男孩，眼睁睁看着其他小孩都有饼干吃，却非得要先学会用英文说“饼干”，才能吃得到。我敢说，正是因为这样，我小时候才这么快就学会用英文正确说出零食的名称。

说正经的，我爸妈的确做了正确的决定，他们让我跟其他孩子玩在一起，我才能很快就学会说英文。而且当时我还是班上唯一会说中文的小孩，所以，如果我教那些同学说“屁屁”之类的不雅字眼，也请别太意外。

到美国几个月后，我已经会说一点点的英文了，但还是不识字，看不懂英文。有一天我们全家去中国餐厅吃饭，在美国，只要去中国餐厅吃饭，吃完后每个人都会得到一块幸运饼干，饼干里会夹着一张纸，写着一句简短的格言，或是对命运的预言。吃完这餐饭，我把幸运饼干掰开，拿出里面的小字条，假装我看得懂似的，当着全家人的面念出：“给我更多糖果。”大家愣了半秒钟后，笑成一团。

那时候的我有点怪，不太喜欢跟人说话，却很喜欢在人身上爬来爬去。我猜想，这是表示我还蛮喜欢这个人的方式吧，因为英文还很不好，所以只能用这种方法来表达我的喜爱。有一天，奶奶普丝拉和爷爷理查德来看望我跟姐姐，突然间我开始在爷爷的大腿上打滚，几分钟之后，我爷爷看着我，用开玩笑的口吻大声说：“喂，这家伙，你以为你在干什么？”我转过头去看着他，完全模仿他的语调，说出我生平第一个英文句子：“喂，这家伙，你以为你在干什么？”我的反应让爷爷热泪盈眶。不只是因为我第一次说出完整的英文句子，而且，我还让爷爷知道，谁才是老大呢！

来美国一年后，我已经能流畅地说英文了，但老师仍建议我去上孩童的特殊英文课程。这个课程帮助我提高了英文能力，使我能够说出流利的英文。

总共花了两年的时间，我把英文变成我的母语，也把中文全部忘光了。当时不知世事的我，每天忙着适应美国的新生活，却不知道，中国已经在我的生命里埋下了伏笔。

02

爸妈才不爱你呢，因为你是领养的！

我的姐姐玛吉，一直是我生命中一个重要的支柱。

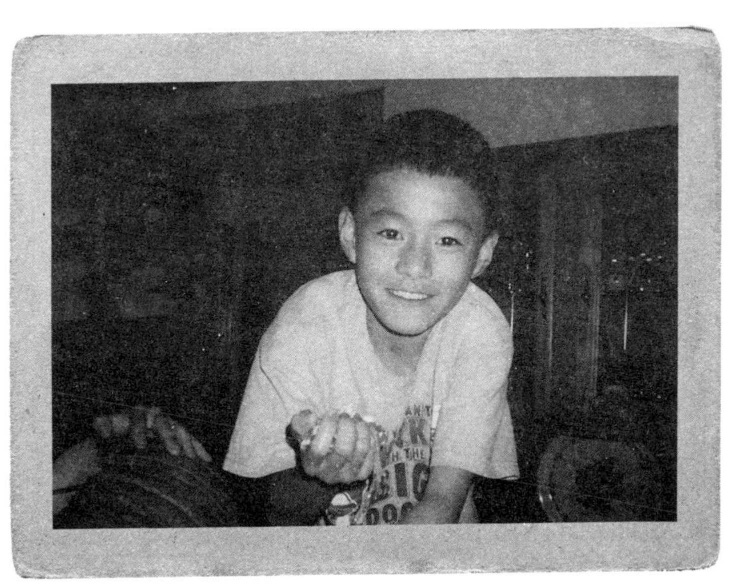

她就是那位当我一下飞机，就送给我绿色恐龙当礼物的人。玛吉原本是哥伦比亚人，比我早两年被领养，在我还没抵达美国时，她就已经答应妈妈要做我的守护者，好好照顾我，而从我一踏上美国土地至今，她一直在实践诺言。从小姐姐就是我的行为典范，她只比我大两岁，我们一起长大，有了她的陪伴，我对新生活适应得很好。很难想象，如果没有姐姐，我要花多长的时间才能适应美国。

我是一个很特别的小孩，左手臂少了一截，只有上半段，在孩童时期，这常会为我引来注目的眼光。记得有一次，我们在沃尔玛百货排队等结帐，排在我前面的小孩，先是盯着我的手臂看，然后指着它。我姐姐发现后满脸怒容，立刻站到我前面，挡住那小孩的视线，不让他看到我的手臂。我姐姐就是这样体贴又善良，她总是用她觉得最好的方式来保护我。

夏天时，我跟姐姐最喜欢爬到爸爸盖的树屋上玩，晚上我们有时候就干脆睡在树屋里。但我那时很怕会有妖魔鬼怪埋伏在树屋外，玛吉就会很勇敢地睡在靠门窗的位置保护我。

在我还小的时候，我总是亦步亦趋地跟着姐姐，她去哪里我都要跟。当她逐渐长大，开始想要有自己的朋友圈，我这种一直想吸引她注意力的跟屁虫举动还蛮惹恼她的。还记得我那时的感觉，就好像失去了姐姐——我最好的朋友。

因为姐姐跟她朋友所做的事都太酷了，我只想跟她一样。当她和她朋友骑车上街时，我就一路跟着她。到了星期五晚上，我就会很嫉妒她可以去朋友家过夜，我却只能孤单一人在家里和爸爸妈妈一起看电影、吃爆米花。虽然我很享受妈妈制造出来的欢乐气氛，我还是会想要跟姐姐在一起。

当然，我们和所有的姐弟一样，也会吵架。有一次，为了抢浴室，我还害她把鼻子都撞流血了。但是我们有个家规：家人没有隔夜仇。所以，任何不愉快总是很快就过去了。

我跟姐姐之间，有一个只有我们两人才能开的玩笑。我会看她一眼，然后对她说：“爸妈才不爱你呢，因为你是领养的！”而她也会用相同的字句来反驳我。这是只有我们彼此才能互开的玩笑，而爸妈每次听到这段斗嘴，总是笑到不行。

另外有一件童年往事，姐姐跟我印象都特别深刻。那时我们住在贝克市，我刚得到爷爷给我的生日礼物：一辆电动吉普车。那辆车可以挤两个人，每小时可跑五英里，电力可撑四十五分钟。这是到现在为止，我最爱的生日礼物之一。不管白天或晚上、晴天或雨天，我整个暑假都开着我的吉普车在街上绕来绕去，消磨时光。我觉得非常心满意足，这辆车带给我许多美好回忆。

在我三年级时，有一天快要吃晚餐的时候，电话突然响了。我正在画画，妈妈接了电话，我看到妈妈脸上露出担心的表情。她挂上电话后，我问她发生了什么事。她说：“你姐姐在邻居家被蜜蜂蜇了，哭个不停。”我看着妈妈，自告奋勇地说：“不要担心，我去接她！”妈妈有点犹豫，但还是答应了。

我随即冲向车库，拔掉吉普车的充电插头，很快开出来，我猛踩油门，希望能赶快开到邻居家救我姐姐。我一到达后，立即陪着姐姐从邻居家走向我的吉普车，让她坐在乘客座位。在我们回家的路上，我的吉普车因为快没电了，变得离谱地慢，姐姐却很捧场，一直耐心地坐在车上，让我载她回家。

我不知道为什么这件事会成为我和姐姐最难忘的共同回忆。对我来说，也许是因为在姐姐最需要的时候，我帮助了她，换我扮演了保护她的角色。而对我姐姐来说，也许只是因为这件事还蛮好笑的！其实那时候，如果我们下来推车，可能还会更快到家呢。总而言之，这件事对我和姐姐两人来说，都是一段最美好的回忆。

03

自己绑鞋带

从小，爸妈就教导我和姐姐，要为自己的事负起责任。

我在美国的童年，就跟一般小孩差不多，而爸妈对我的要求，我也觉得跟一般父母一样。可是不知道为什么，等我长大后跟华人谈到我受的家庭教育，他们总是表现出很惊讶的样子，都说很想认识我爸妈。

大家还记得我只有一只完整的手臂吧。那一只手要怎么绑鞋带呢？所以，最方便的做法就是躺在地上，把两条腿伸得高高的，要爸妈帮我绑。但在我小学二年级时，爸妈特地找到一位专家，花了一整个下午教我如何靠自己绑鞋带。从此以后，只要我耍赖，躺在地上吵着要人帮我绑鞋带，我爸妈就会走到我身边，平静地说：“不要躺在地上，自己绑鞋带。”

平常生活中的其他事情也是这样，不管我有几只手臂，爸妈都很坚持要我和姐姐一起帮忙分担家务。在我还比较小的时候，要做的事包括倒垃圾、收拾餐桌，以及在晚餐前排好餐盘餐具。随着年纪渐长，我要做的工作难度就变高了，像是每星期要割草皮、用吸尘器打扫房子等。

我们还要负责整理自己的房间、铺自己的床，其实这些家务都很简单，分量也不大。所以大部分的时候，我跟姐姐都能快快做完，然后就可以跟朋友一起出去玩。不过有的时候，我就是不想打扫房间、不想铺床，那我就会把所有的东西都塞进橱子里，关上房门。一开始，这么做还蒙混得过去，但几次之后，我妈就发现我在搞什么花样了。

那个时候的我并不了解，为什么爸妈要我和姐姐整理自己的房间，我觉得那是我自己的房间，我爱让它干净、肮脏、发臭或发霉，都是我自己的事。但我爸妈的想法可就不一样了，他们认为要住在干净的房间，人才会快乐，所以我妈妈总是不停提醒我们这一点：要整理，才会有个让人快乐的房间。

事实上，我妈妈不是什么有洁癖的人，她只是要我们尊重自己所拥有的房间和玩具。所以，每个星期我们的玩具都要物归原位，衣服要挂好或是丢到洗衣篮。

此外，做家事是我跟姐姐零用钱的主要来源。如果我们没做家事，那当然也得不到零用钱。在我们比较小的时候，每个星期可以得到七美元，对那时候的我们来说，这可是一笔大钱。我们既不会花在看电影上，也不会用来和朋友逛街，只肯存起来，用来买最想买的东西。

当我和玛吉念中学之后，如果愿意做比较多的家事，就可以得到更多的零用钱。那时我们已经有自己的社交圈，所以我和姐姐都努力想赚更多钱。每个星期固定会有十美元，再加上做其他家事额外赚来的钱，例如帮我爸洗卡车可以赚到五美元，割草皮也可以赚五美元。而且我爸妈在判断我和姐姐有没有做好工作时，是相当公平的，所以也都没有什么争执。

当我进入高中后，情况就完全不同了。我开始没有时间做家事，也就没办法花时间去赚更多的零用钱。那年秋天，每个周末我都忙着玩美式足球，冬天时也有学校的活动要忙，当二月来临时，我又开始打网球，一直打到六月底。

总之，我得在运动或赚零用钱之间做个抉择。还好我父母相当支持我参与运动等课外活动。在我高一的某一天，爸妈坐下来与我恳谈："怀亚特，我们觉得运动是件好事，希望你能积极参与各种活动，等你再长大一点，你有的是时间去工作赚钱。"他们非常坚决地要我好好享受高中时光。每个月初，爸妈都会给我零用钱，让我还是有钱可以花。

没错，我爸妈会给我零用钱，但是他们也在我和姐姐很小的时候，就教导我们钱的价值。如果我们真的很想买某些东西，爸妈就会给我们机会去赚那些钱。我爸爸认为，愈是让我们费功夫去赚钱存钱，等我们真的买到想要的东西，就会觉得愈值得。现在回想起来，我觉得我爸妈真的教了我们宝贵的一课。

我的确学到了钱的价值，以及要为自己想要的东西而努力。不只是钱的价值，我爸妈还教会我去思考，为什么想要达到这个目标，以及要付出努力去得到自己想要的东西。这个世界并不是免费邀请参观者吃糖的巧克力工厂。我们都知道，要先努力付出，才能得到想要的，也许过程并非总是尽如人意，但是当你成功时，那滋味绝对更甜美。

还有一件爸妈跟我都很看重的事，那就是信任。从小，经历青少年期到现在，我都能自由地做想做的事，因为父母信任我。他们从来没有定下严苛的家规，或是严格限制我几点钟一定要回家。

他们认为，孩子们应该对自己的行为负起责任。例如，当我忘记告诉爸妈我的去处、我跟谁在一起或是我几点要回家时，爸妈就会找我好好谈谈，讨论怎样沟通会比较好，我明白他们只是为了确保我的安全。

我并不认为父母理所当然地要信任我。我知道先要靠自己建立父母对我的信任，之后才能享受自由。他们也相信我够聪明，不会去做一些不合法的事，或是做任何事情去破坏我所得到的信任。

04

你的手到哪里去了？

有些人、有些事情，会悄悄改变你的人生。

在我小学四年级的时候，我们全家搬到汉密尔顿市。我刚换了一所新学校，在那里一个朋友也没有。注册当天，我妈妈遇到她的老朋友克丽斯蒂·斯莫利，那时我只知道她即将成为我们未来两年的图书馆管理员。

克丽斯蒂知道我们对汉密尔顿市还全然陌生，于是很友善地邀请我们全家人去她家烤肉、游泳。

那是我第一次遇到吉莉恩·斯莫利（Jillian Smalley）。吉莉恩不同于一般的女孩子，她在三个月大时，被诊断出有自闭症。但我会提及这一点，并非觉得她很不幸，相反，我认为因此更值得称赞她的成就。吉莉恩是一位具有高功能的自闭症儿童，所谓高功能指的是她相当擅长运动、画画和雕刻等。她真的是一位很有天分的女孩。

第一次见面，她马上就注意到我的左手臂少了一半。她用她那又高又甜美的嗓音问：“你的手到哪里去了？”我回答她说：“我生出来的时候就是这样了。”她点点头，然后又再问我一次完全相同的问题，我只能不停地告诉吉莉恩，上帝就把我造成这个样子。她花了好一阵子，才能理解我跟她一样，都是天生就那么特别。一旦她了解后，就再也没有问过我这个问题了。

我们认识彼此的时候，都只有十岁。吉莉恩在她家后院的泳池里游泳，我那时还有点害羞，一直犹豫着要不要也跳下去游泳，后来实在是太热了，我才决定跳到泳池里去玩水。吉莉恩给我的第一个印象就是，她游泳游得好快，总是在泳池里飞速前进，瞬间就从一端游到了另一端。

接下来几年，除了见识到她的高超泳技，我还发现她的天分不只如此。吉莉恩从小学三年级就开始参加特殊奥运会（Special Olympics），成为保龄球选手。特殊奥运会是让一些有特殊需求或是身体先天有所限制的孩子一起参与运动。所以这些特殊孩童能够没有压力地玩自己喜欢的运动。对这些孩子而言，他们不在意输赢，只想玩得开心，让父母觉得他们很棒。

吉莉恩的爸妈说，吉莉恩一开始并不喜欢打保龄球，对她来说，最难克服的其实是不能理解保龄球这个运动的概念，她得先要明白，把球瓶打倒是一件好事，而大家拍手是因为她做得很好。起先经过一番拐骗利诱，吉莉恩才愿意玩，但没过多久，她就迷上了保龄球。就像其他事情一样，只要吉莉恩调整好心态，她就会做得很好。她很快就在特殊奥运会上崭露头角，而且成为全国知名的选手。

吉莉恩面对保龄球的态度，不但启发了我，也影响了每一位曾经亲眼看过她比赛的人。我是认真的，她真的是保龄球天才，她的最高分记录是两百一十二分！虽然拥有这样的成绩，她却一点也不骄傲自满，只是继续玩球。

这种态度发人深省，我们都可以看出她对运动的单纯热爱及热忱。除了参加特殊奥运会，她也加入高中保龄球队。别人原本都认为她会成为其他“一般”队员沉重的负担，等她上场掷出第一球后，大家的疑虑就都消失无踪了。她可以轻易一球接一球打出全倒，或是双击全倒。她不是为了出风头才打球，而是因为热爱这个游戏。每一位运动员都可以从她身上学会高贵的运动家精神，她不但懂得赢球，也知道如何输得像个赢家。无论比赛结果如何，她总是抬头挺胸、面带微笑。

吉莉恩不但参加在美国爱达荷州博伊西的冬季特殊奥运会，也取得参加二〇一一年在希腊雅典举行的夏季特殊奥运会的资格。在过去十年里，和吉莉恩一起成长是一件很美好的事，我觉得自己很幸运，有机会看着她成长，她所带给我的启发远非文字所能形容。

我明白为什么老天爷要让吉莉恩有自闭症，却没有让她过着悲惨的生活，或是让她爸妈的工作出问题。因为她的人格特质使她发挥出更大的力量，这股力量能激励失去希望的人、感动他们，并且带给他们启示。吉莉恩就是一位这样的女孩，总是乐观积极，永不放弃，而在你需要的时候，她也会为你带来欢乐。

我为吉莉恩的父母喝彩，他们让吉莉恩找到自己，好好过生活。就像我爸妈对待我的方式一样，她的父母也总是为吉莉恩找寻机会，让吉莉恩能借由参与运动来认识外在的世界。吉莉恩在秋天的时候踢足球，冬天的时候则到全国各地去滑冰，春天时打保龄球。她的父母从不会限制她只能待在家里，总是让她去参加更大型的活动，让她能够和人群在一起。她爸妈不会每天二十四小时盯着她，让她能靠自己，为踏入真实世界做好准备。

而在我的生活里，我只有一只完整的手臂，时时都要面对一些困难的挑战。当真的难题出现时，吉莉恩的温暖总能让我保持平衡的心态。看着吉莉恩参加运动比赛，我学会了永不放弃。当打网球不顺心、对自己失望时，我只要想想吉莉恩如何克服了她在保龄球上的困难，就能激励自己在运动方面持续努力。

“明天又是崭新的一天！”这是吉莉恩教我的，她从不后悔过去。如果有一天她保龄球没打好，第二天就再去玩一场。因为她，我也把这种态度应用在我自己身上，当我表现不好时，我总是提醒自己要挥别失败的阴影，明天又是崭新的一天。

05

好好玩一场精彩的球赛！

在我成长的过程中，运动与我有着密不可分的关联，因为运动，我成为一个把不可能变成可能的人。

小学一年级时，我开始玩第一项运动：棒球。我记得爸爸还特别拨出时间来陪我，教我要怎么握球棒，也教我基本的挥棒技巧。我们会在草地上花无数个小时练习挥棒或接球，那时候的我，身高不到一百厘米，体重也不到三十公斤，更不用说我只有一只手能握球棒，实在是太困难了！我当时真想放弃，但爸爸总是引导、督促我运用自己的想象力，把缺点转变成优势。

为了鼓励我投入棒球运动，老爸甚至提供奖赏，只要我接到高飞球，就可以得到一美元。看到爸妈坐在观众席上为我喝彩，就算我漏接球，也照样为我加油，我深刻感受到爸妈的支持和疼爱。

可惜的是，这种要跑又要瞄准丢球的运动，并没有点燃我的热情，很快，我的棒球生涯便结束了。

九岁时，我们全家从我自小长大的本顿市，搬家到汉密尔顿市，刚开始我遭到其他同学的排挤。每当下课时间，我想跟大家一起打棒球，但有些孩子会拒绝我，理由是，我只有一只手臂。

当时，我好希望他们能接受我的样子，让我跟他们一起玩。尽管我一直期待、用心祷告，却从没有得到加入的机会。现在的我，已经能够了解，他们排挤我是残忍又不成熟的行为。而当时的我，只希望别人能像对待平常人一样对待我。

进入中学后，我很高兴可以开始加入体育社团。还记得当时我考虑了一整个晚上，才决定要加入摔跤社团，当我拿着父母同意书给爸妈签时，爸爸没有什么意见，妈妈却显得有些担心。经过我一番劝说，保证一定会小心不让自己受伤后，妈妈才终于在同意书上签了名。

加入摔跤社的第一天，我先向总教练报到，并且请他不用担心我只有一只手臂，我一定会尽全力玩好摔跤。但总教练似乎对我少了半截左手没什么顾虑，他只要我先找个同伴暖暖身。

我找了块头跟我差不多大的班·乔金森一起做暖身运动及拉筋，然后我问他能不能跟我一组，做我演练时的伙伴。事实上，我这个要求实在有点不知好歹，因为那天可是我第一次玩摔跤，而班已经是学摔跤五年的老手了。

还好，班很有耐心，他愿意配合我的程度，既做我的伙伴，也当我的私人教练，常常上课时间才过了一半，我就已经满头大汗，全身酸痛，但我还是拼了劲，一点都不肯认输。

第一个月是最难熬的，还好我有位年轻时也玩过摔跤的老爸。所以，每天晚上，爸爸都跟我在家里的客厅练摔跤，以提升我的技巧，并且为我两个月后的第一场比赛做准备。我对即将到来的比赛实在感到太紧张了，所以爸爸不断提醒我“专心”“平常心，只要拿出练习时的实力，你就可以表现得很好”。爸爸从未要求我或强迫我继续玩摔跤，他知道这是一项高难度的运动，但他总是陪我一起面对，而且协助我增进技巧，让我不想放弃。

第一场比赛终于来临了，我踏上软垫，戴好头盔，准备要跟我的对手贾斯丁握手，他是跟我同年纪的中学生。我看着他走向软垫，他也看了我一眼，然后跟他的教练说："他只有一只手，不可能赢我的。"我气炸了，回头看看爸爸。爸爸比了比头，又指向心脏，我知道他的意思——"专心，用你的心去摔跤。"

哨声一响，短短几秒钟内我就制服他的腿，让他触地，而我得到两分。就这样，我赢了我的第一场比赛，整个人乐不可支！当裁判举起我的手，宣布我的胜利时，我对着爸妈微笑，他们都站起来为我鼓掌尖叫，这是我学摔跤以来最高兴的一天了。

我的摔跤生涯持续了三年，期间我参加了俄勒冈州及华盛顿州的各个锦标赛，并且赢得无数的奖牌及奖杯，也变得声名大噪。而且，我还得到许多摔跤选手及教练的尊敬，我只有一只手臂却一样能赢，这对其他人有很大的激励作用。

在玩摔跤的三年里，不管在饮食上，还是让身体休息等，我都全心全意让自己投入，这让我变成一个强壮的男人。不只是身体变强壮，我也因为练摔跤，而学会正视眼前的阻碍，看穿对手，然后征服他，使自己在心灵上也成为坚强的人。

在中学的三年，秋天和冬天时，我都沉浸在摔跤中；而到了春天，我就投入网球。刚开始，我只是在网球场外等我的死党伊恩（Ian McMichael）打完，好跟他一起去做别的事，我还常常嘲笑他竟然选这种女孩子的运动。

然而，天天在场外看他练球，我渐渐也对网球产生兴趣。有一天下课后，我直接跑到大卖场，花了二十美元买了一把网球拍和一罐网球。第二天，我找到教练，告诉他我想打网球，教练对于我只有一只手臂要怎样发球有些顾虑，我告诉他，我会铆足全力练习，找出自己的方法。

在我学网球的第一个月，爸爸也从车库里找出一把旧网球拍，陪着我练习。虽然他以前从没打过网球，但是看过许多网球比赛，也特地读了许多与网球相关的文章，帮我练成用单臂打反手拍。

下一个挑战是发球，爸爸花了无数的时间陪我，试着让我学会用半截左手臂把球丢到适当的高度，然后再用我的右手臂把球发出去。许多时候，我真的很想放弃，但是爸爸的态度却非常坚定，他相信我一定可以做得到，于是我们一再尝试，想找出最好的发球方式。一天下午，我无意间随性地发了一球，竟找到了我所要的方式，便立刻跑回家跟爸爸说。当天晚上，我们两人又回到球场，一再琢磨这个新发现的技巧，终于克服了我发球的困难。

伊恩在我中学七年级和八年级时，成为我网球双打的伙伴，当我们进入高中第一年时，我们都有志要成为校网球队队员。所以即使在不是球季的时候，我们仍然认真练习，最后终于顺利进入高中校队。第一年，我们成为全校排名第四的双打选手，而且我们心里明白，只要再做一些改变及调整，我们就有机会成为俄勒冈州网球代表队的选手了。

我们继续认真练球，参加网球锦标赛。等到了高二的时候，我们决定要聘请私人教练来加强我们的技巧，于是之后每个星期，我们都要到另一个城市去上一小时的网球课，这位教练麦克斯教我如何充分发挥自己唯一的手臂的力量。等到了高中二年级时，我们已经是排名第三的双打选手了。

之后我到台湾一年当交换学生，几乎没有什么机会打网球，而伊恩同时间也有了另一位网球伙伴。但当我一年后回到美国，伊恩又再度跟我合作，紧锣密鼓地为一连串的比赛做准备。

还记得在州代表的选拔赛中，我们的第二场比赛面临了最强劲的对手，只要输掉这一场，我们就会丧失成为州代表的资格。第一回合，伊恩跟我在强大的压力下失误连连，当时只要再输一盘，我们就会被淘汰了，而我们的高中网球生涯也将宣告结束。

我于是跟伊恩讨论了一下战术，但其实我只是想告诉他，跟他打球有多么开心，我不会忘记我们之间的默契，而伊恩说他也有相同的感想，最后他说："让我们好好玩一场精彩的球赛吧！"接下来的两盘，我们都以些微的差距打败对手，在淘汰边缘反败为胜。那一天，我们取得州代表的资格，顺利晋级。

网球队、教练及家人，全都在场外为我们大声欢呼，这真是神奇的一刻。在球赛结束时，我们与对手握手致意，我说："这场球赛很精彩。"对手竟然回答我："你很能激励人心，真是一场很棒的比赛。"这让我深受感动。

网球让我学会如何去克服挑战，而爸妈总是在一旁鼓励我。他们始终深信不疑我能打好网球，也全力支持，不管是买球拍背袋、付教练费还是参加锦标赛等，他们都全力帮忙。而且，无论比赛输赢，他们永远都是看台上的拉拉队，鼓励我、给我拥抱。

我的伙伴伊恩，跟我一起打球三年，对于我只有一只手臂，他从来没有表现出担心；我们也会吵架，争辩谁是谁非，但是，时候一到，我们又会同心协力地合作。我知道，要伊恩跟一个只有一只手臂的人搭档，不是一件容易的事；然而，他却尽力与我配合，一起达到目标。伊恩很爱挂在嘴边说，每当对手发现我只有一只手臂时所露出的表情，真的很好笑。我总是开玩笑，那是因为对手被伊恩的身高吓到，跟我无关。不过，老实说，每当我练球，有路过的行人被我独特的发球方式吸引，而驻足看我打球时，我都感到很自豪。

如果有人因为自己的身体残障，而不去做想做的事情，我希望我的经历能够激励他们。我希望他们能看到我发球的样子，进而愿意去尝试一些从未做过的事，把自己的潜力发挥出来！

毕竟，如果我一直听从别人否定的话语："不行，你只有一只手，你不能做这个……"那么，我就不会成为今天的我了。有些人、有些事，会阻止我们完成梦想，但我们不能被动等待情势改变，因为残酷的人，总是会一直说出残酷的话。但只要不理会那些负面的声音，坚持朝着自己的梦想前进，一切都会变成可能。

06

如果我有两只手臂，她也许就会喜欢我了

我知道自己只有一只手，但我从不觉得这有什么特别的。

我常被问到，要不要定做义肢或者在手臂上装个钩子。我总是回答，不需要。我实在想不出任何需要装义肢的理由。

其实爸妈一直都愿意帮我装义肢，只是他们从未强迫我，也不会让我觉得不装义肢是错误的决定。对他们来说，这件事很简单，如果我想要有义肢，他们无论如何都会帮我。

然而，如果说我从未梦想过自己能拥有两只手，那绝对是在说谎。的确有好几次，我注视着镜中的自己，希望看到我有两只手臂。

中学时，我喜欢上一个女孩子。我们原本已经是好朋友，而且相处融洽。有一天晚上在学校的舞会上，我决定要向她告白，但她带着微笑，用非常甜美的声音对我说："对不起，我也喜欢你，但不是那种感觉的喜欢。"我被拒绝了，而且整个晚上都觉得很受伤。我忍不住纳闷："如果我有两只手臂，她也许就会喜欢我了。"更惨的还在后面，第二天，我那拥有双手的好朋友交了个新女朋友，就是我喜欢的那位女孩。

对，没错。有好些时候，我都希望自己有两只手。

我很快就从那次失恋中恢复，而且喜欢上另一个女孩。刚完成中学学业的我，开始思考要装义肢。有一天晚上，我打电话给爷爷，想从他那里得到一些建议，结果后来爷爷、奶奶、爸爸、妈妈全员都到齐了，一起跟我讨论。

我们都知道装义肢所费不赀，而且安置的过程还会有相当的困难。不过因为也许我是真的需要义肢，所以爸爸跟爷爷就带着我，开了三小时的车，前往另一个城镇寻求专业的义肢咨询。这趟咨询之旅很有意思，我了解到装义肢有无数种可能性。但在离开咨询诊所后，我看着爸爸及爷爷，对他们说："我不需要义肢，也不想要义肢了。"

当我逐渐长大，在学校及小区里变得更活跃，我便开始正视这个事实：我这辈子手臂都会是这个样子了。爸妈向来都全力帮助我克服只有一只手臂的困难，他们也准备好要让我自己去学习、去适应。

从小，爸妈就不曾因为我只有一只手臂而对我过度呵护，他们对待我的态度就跟对待姐姐一样，毫无任何差异，把我教养成一个能自给自足的人。所以，我的成长过程跟一般人并无不同，因为我的爸妈、家人及朋友都把我当成一般人看待，造就了今天能够独立生活的我。

然而，即使我是个心性坚强的人，直到现在每当穿上西装时，我还是会觉得有些尴尬、困窘。因为我的左手袖子只能空荡荡地挂着，使我感到有些失去重心的感觉。简单来说，就是很怪！

只有一只手臂的影响，远不止我穿西装的模样奇怪。这意味着，我将不能一手握着西班牙油条（churro）边走边吃，同时又牵着女朋友的手，也不能自在地搂着她跳交际舞，更不能在浪漫的月光下，与她双手十指交握地亲吻。由于只有一只手臂，这些对爱情的浪漫憧憬对我来说，将是困难重重。

我在高中时曾有一个女朋友。当时有位朋友跟我开玩笑说，如果我女朋友生我的气，不想跟我手牵手的话，只要坐在我的左手边就好了。一开始我觉得这个笑话还蛮好笑的，但是从那之后，我发现只要我和女孩子约会时，我内心就会开始不安地猜测："她在生气吗？""她是故意走在我的左边吗？"虽然，约会总是很顺利，最后我都能跟女朋友手牵着手，送她回家，或是以吻别道晚安。

回顾我的成长过程，想到那些我靠着一只手臂达成的事情，而且不只局限于运动领域，我还是很以自己为傲。我始终保持乐观，也感到很满意。我过去所达成的事情，让我继续对未来的前景充满希望。

有时候，我也会觉得只有一只手真的很不方便，但是我从不认为这是无法克服的。我在摔跤、打网球时所要克服的困难，绝对比不上那些坐在轮椅上仍可打网球的人。还有那些失明、瘫痪、失聪、自闭症的人，或是失去双臂仍然参与运动的人，都很难能可贵，而且也激励了我。正是那些人让我继续向前，也鼓励我要因此更努力。

而且我一大半的生活乐趣，也是来自向与我有相同处境的人学习，努力克服生活的挑战。我可能试过一次，失败了，第二次还是失败，甚至第三次也还是失败，但我总是继续努力，再努力。要放弃是再简单不过的了，但我从不让自己在困难中放弃。

也许有些人会觉得我很不幸，但事实上，我已经很幸运了。我至少有一只健康的手臂能用，而且也能做任何我想要做的事。我从不把只有一只手臂视为逃避某些事的理由或借口。值得庆幸的是，我有非常支持我的家人，不管别人的想法如何，家人都鼓励我参与各种运动，而我也的确做到了！

我学会如何用一只手绑鞋带，用一只手发球、摔跤、打高尔夫球等，如果我因为自己只有一只手就不去尝试新事物，那么我的生活一定无聊死了。当我遭遇阻碍，无法继续下去时，我就会寻求帮助。事实上，好多次，我得要找爸妈帮我做一些日常生活的小事，例如烹饪。我真的很喜欢待在厨房里煮菜，不管是做意大利面、熬汤或是烤牛排、做汉堡或热狗。然而，基于安全的考虑，遇到要拿热汤或端菜时，我就无法完全施展身手了。例如，沥干煮好的意大利面，通常是一个人就可以做到的事，但我总是要找个人帮我握住滤网。就像这类的小事，难免提醒了我自己有所局限。不过，我就是去做好我能做到的事，而且，寻求别人的帮助并不丢脸。相信我所说的话，我可是有经验的人啊。

我明白，不可能去改变我天生的模样。上帝给了我可以行走的双腿、可聆听的双耳，让我有一双眼睛去看这个美丽的世界，还有鼻子去闻妈妈煎的牛排。我能拥有一只手臂已经够幸运了，未来当我有自己的家庭时，我可以用这只手臂来拥抱我所珍爱的孩子。对我来说，这将是平凡又幸福的人生，而绝不会是悲伤失望的生命旅程。

07

我搞不好有着中国某个贵族的血统呢!

爸妈一直以来都很尊重我的出生背景，不论是带我品尝中国菜，还是告诉我中国发生了什么事，我都可以感受到他们的心意。

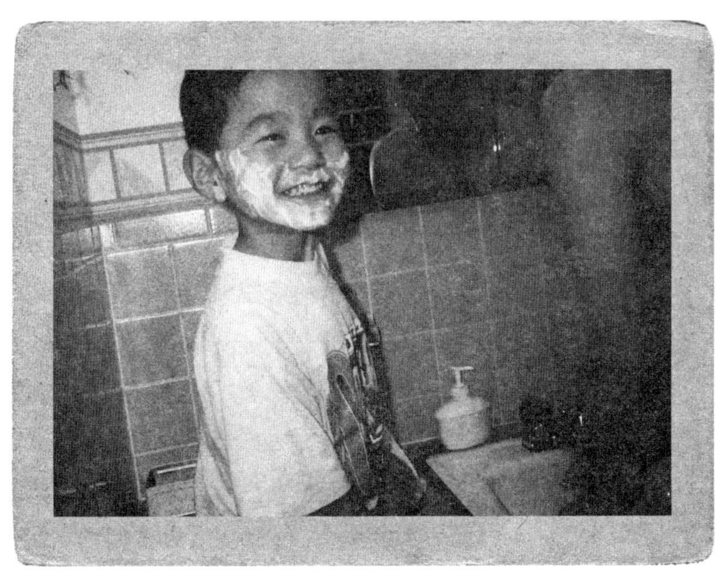

我在美国的小镇长大，所以不太容易有机会看到或是参加中国的节庆活动，只有到波特兰或是西雅图的中国城，才能接近中国文化。在我居住的城镇里，可能只有三十位中国人，所以每次到当地的中国餐厅吃顿饭，听到中国人大声吆喝点餐，总让我非常开心。

由于我实在不怎么了解中国的地理，对于中国古代的历史朝代也是一窍不通，而且关于中国的知识学校教得很少，于是妈妈就会特别在家里教我。妈妈一直致力于让我更接近自己的文化根源，她所做的努力都让我很感动，而且难以忘怀。还记得在我十五岁那年，有一天妈妈亲自做了一顿很传统的中国餐，菜色包括宫保鸡丁、糖醋鸡，还有蛋花汤，她甚至很细心地以中式餐具来摆盘。看我的家人第一次用筷子吃饭还蛮好笑的，我爸爸比妈妈、姐姐更能操控筷子，而我，虽然已经忘记中文怎么说，却没有忘记筷子该怎么用。

吃过饭后，妈妈还给了我一个红包，里面有钱呢！那时候我的韩国朋友已经告诉过我这个中国传统习俗，但我不知道妈妈是在哪里学到的。所以当我拿到红包时，我非常惊讶。之后，我试图说服妈妈，她应该要每个星期都给我红包，替我招来好运，可惜她不肯相信。

关于我的出身背景的问题，从来都不是一个严肃的话题，也不是什么禁忌。

当我愈大愈懒得整理房间和做家事时，我就会跟妈妈开玩笑说，我实在不应该做这些事，因为我搞不好是中国的某个贵族、皇太子之类的，所以，在真相大白之前，我应该可以当大爷才对。妈妈总是点点头，微笑地对我说："你这招还蛮不错的！不过，我并不打算相信。"

有一次，我把这个借口掰得很夸张，把所有我想得出来的理由都用上了，我跟妈妈争辩说我长得那么帅，又有学问，连这种胡扯的话我都说出来，以证明我的出身高贵。反正在知道真相以前，我可以发挥无穷的想象力，但妈妈被我烦得受不了，于是就问我："为什么一个贵族家庭会放弃自己的孩子呢？"这句话把我堵得无话可说。

爸妈对我和姐姐的身世，向来没有任何隐瞒或是谎言。而且不论我们做什么、吃什么，爸妈都尊重我是中国人，姐姐是哥伦比亚人，他们从来不会让我和姐姐觉得，我们应该要忘记自己的过去。爸妈希望我们能接受自己的根源，然后成为自己想要成为的人。

有一年的生日让我非常难忘，妈妈亲自做了一张卡片给我。在那次生日的几个星期之前，我刚教会她中文的"我爱你"，而当我一打开生日卡片，就看到妈妈手写的"我爱你"三个中文大字。直到现在，这一张都是我最深爱的生日贺卡。

其实，在爸妈的坚持下，我生命中一直有个跟中国有关的部分跟着我，那就是我的中文名字。我爸妈从一九九四年领养我起，就把我在中国孤儿院时的中文名字"马武宝"，保留在我美国的正式姓名中——怀亚特·马武宝·哈里斯（Wyatt Mawubao Harris），我不清楚爸妈这么做的原因，但我很庆幸他们做了这样的决定。

从一开始，我和姐姐就知道我们是被领养的孩子，而在成长过程中，每一年我们都拥有一个属于各自的特殊节日——“领养日”，也就是我们被领养的日子，从那一天开始，我们才有了正式的父母，有了可以让我们称呼为“爸妈”的对象。我姐姐是在一九九二年八月三日被领养的，我则是在一九九四年九月二十二日被领养。所以一到九月，我都可以邀请朋友一起出去吃饭，然后再回我家一起看电影。每一年可能有不同的庆祝活动，但是吃一顿大餐是免不了的！我的朋友大多称这天为我的第二个生日。

现在，我和姐姐都已成年，每到领养日，我们都会选一家优雅的餐厅一起吃饭，纪念这一天。在比较小的时候，我们并不是真的明白为什么要庆祝这一天，也不了解到底有什么意义，我们期待的就只是拆开包装纸，看看得到什么礼物。当然，现在我已经知道，领养日的意义并非只是和朋友吃大餐、拆礼物。这一天代表的是，我的爸妈有了我这个中国小孩，成为我的父母，这才是我真正得到而且是最珍贵的礼物。

08

我想出国念书

二〇〇六年夏天，一则电视广告改变了我的人生。

当时念高中的我，和妈妈坐在沙发上看电视，刚好有一则关于年轻人出国念书的广告。我眼睛紧盯着屏幕，完全被出国念书一年这样的想法给吸引住了。广告播完后，我看着妈妈对她说：“我想出国念书！”妈妈面带微笑，半开玩笑地说：“如果要去的话，那你得先找扶轮社。”

我的心情一方面是兴奋，因为出国念书是真的有可能发生的事，另一方面则是困惑：“扶轮社是什么啊？”我向妈妈表达疑问，她开始解释扶轮社是怎样的组织，以及他们所从事的活动。在我稍有概念之后，我就跑回房间用计算机搜索“扶轮社”，一瞬间就被大量的资料所淹没。原来扶轮社是一个国际性的组织，将专业领域的精英聚集在一起，结合各个地区的力量，从事慈善活动。

我关上计算机，又回到沙发上，我问妈妈：“你怎么会知道扶轮社？还有，你真的愿意让我出国念书吗？”妈妈说：“这是个很棒的组织。我跟爸爸都会很放心让你在扶轮社的安排下出国。”还没听完，我就忍不住又飞奔回房间。在上楼的时候，我突然想到，在我小时候，我们家曾经招待过两个外国小孩子，一个是法国人，另一个是墨西哥人。我就大声地问妈妈，那两个小孩是不是也是交换学生。妈妈没有听到我的问话。

我很快就查出来谁是汉密尔顿市扶轮社的主席，以及他们下次举办交换学生说明会的时间，然后我就开始递送申请文件，等待审核，并努力确保自己不会在面谈时把事情搞砸。

结果我被成功录取了！下一个步骤就是选定交换学生的地点。我们可以选三个想去的地方。我一直都希望自己能够学中文，所以就想掌握这个绝佳的机会，到中国去当交换学生，可惜中国大陆并没有扶轮社，也就行不通。

我努力思索还有什么地方用中文。一位扶轮社的社员说："台湾用中文啊！"我回答说："太棒了，去泰国一定棒极了！"那位扶轮社的成员看着我说："不是泰国啦,是台湾！"我满脸疑惑："台湾？台湾在哪里？"他马上给我上了一堂地理课，于是，我把"台湾"填在表格的第一位，然后再填上"意大利"及"法国"。

在选定要去的地点之后，我们都把志愿表交出去，然后扶轮社的社员就聚在一个房间里，分配每个学生要去的地方。我们这些学生都聚集在房间外面等待，希望自己的第一志愿能实现。短短的二十分钟，等起来似乎像几小时那么长。终于，房间的门打开了，他们开始叫每个人的名字，宣布哪一个地方将要赞助我们未来一年的生活。

当他们叫到我的名字时，我心里一直默念着："泰国，泰国，拜托一定要是泰国！"当他们说出地点是"台湾"时，我突然有点哽咽。直到二十秒后我才回过神来，顿悟到我想要去的地方其实正是台湾，不是泰国，应该高兴才对。当我抵达台湾时，第一个印象是，这里怎么那么热，那么潮湿，我光是站在原地，等着拿行李，就已经满身大汗了。

学习语言并非扶轮社帮助我们出国读书唯一的目标，交换学生这项活动真正强调的是学习及观察当地的文化、传统、学校及生活模式。对离乡背井的学生而言，最大的挑战在于文化上的冲击，光是所住的城市完全不同，就够震撼了。

因为我来自一个只有一万七千人居住的小镇，那里没有公交车，也没有摩天大楼，没有出租车，也没有四千家 7-11 便利商店。总之，我的确花了好一阵子才习惯台湾的生活。

其中最大的改变，在于台湾的高中要穿制服上学，而且我要使用大众交通工具，自己搭车上下学；还有，在寄宿家庭里，必须要跟别人共享卫浴间。

因为我是代表我们家乡的亲善大使，所以也有责任把家乡的文化传递给其他扶轮社成员、寄宿家庭及同学知道。我每个月都会在台湾中山扶轮社做报告，并且参与扶轮社所有的活动。

整个交换学生的过程中，最棒的就是扶轮社会举办各种活动，来帮助我们了解当地文化，像我每天要上两小时的中文课，还有机会到台湾各地去旅行。才到台湾的第一个月，我就已经游遍台北附近的景点，每年还有环岛旅行。这个安排让学生能看到台湾的各个角落，品尝台北所吃不到的美食。

除此之外，我们也会学书法、打太极拳跟烹饪。每星期的聚会都有公开演讲或烹饪、运动等活动，还要参加台湾的传统庆典。

在台湾的时候，我常常想起自己跟中国的关联。不敢相信我距离出生地这么近，感觉却那么遥远。于是我开始思索回出生地寻根的可能，可惜的是，即使距离这么近，我却不被允许跨海旅行。基于安全的考虑，扶轮社不同意让未成年的我独自离开台湾，前往一个没有扶轮社接待家庭，也没有扶轮社成员的地方。

但这并没有让我太失落，我还是继续在台湾把中文学好。我仿佛感觉一切终究会水到渠成。

待在台湾的这一年，我学会了自立，敢从一个地点搭火车到另一个地点。我也变得更成熟了，更有自信，也更有动力。在美国的时候，爸妈总在我身边提醒我该做什么，怎么去做。出国当交换学生，让我变得更独立，心灵上也变得更坚强，我看待生活的方式也变得更勇敢。每当我想家，怀念在美国的生活，我就让自己保持忙碌，参加学校及扶轮社的活动，来克服思乡之苦。

结束一年的交换学生生涯，回到美国之后，我却尝到了苦涩的甘甜。我一方面很高兴见到爸妈，很高兴可以睡在自己的床铺上、住在温暖的家里，但是另一方面，那些在台湾所结交的朋友又让我念念不忘。我真的很想念台湾的生活，以及在台湾的回忆。

五个月之后，我重返美国完成高中最后一年的课业，我尽力让自己把注意力放在学校上，因此拿到了平均 3.5 分的学业成绩，顺利进入俄勒冈大学就读。但我仍然觉得好像失落了某样东西，就是觉得不对劲。

不对劲的是“我”。我觉得跟以前的朋友有了距离感，我的朋友都一直待在美国，做一样的事情，改变的人是我。因为我在台湾长大了，我已经有了不一样的体验和心境，所以当我刚回到美国时，和朋友发生了几次争执。我试着跟上那些聊天的话题及当红的笑话，但仍然觉得自己像新来的。我费了很大的劲，才调适好回到美国生活的心情。

大三的时候，我再度申请成为交换学生，回到台湾念一年大学。这个时候，我觉得跟我脐带相连的故乡，已经近在咫尺。

二
寻根之旅

我忘了中文，但我没有忘记中国的亲生父母，
虽然美国的家人都视我如己出，我也很爱他们，
我还是想多认识“马武宝”这个自己，所以我决定重回伤心地……

01

我想找出我的亲生父母

五年前，我在俄勒冈州林肯市参加每年一度的家族聚会时，第一次出现了寻亲的想法……

那个时候我十五岁，刚读完高一。每年我们家都会放几天假，和家里的亲戚小聚几天，轻轻松松地一起度假。我对这次的聚会印象特别深刻，因为，那是我到美国之后，第一次想到我在中国度过的四年时光。

我很想说，那时是因为发生了重大的事件，才让我想到四岁之前在中国的时光，但事实上并没有什么大事。我不清楚究竟是怎么一回事，也不知道为什么我会出现这样的念头。我只记得，那时候我正在度假，和表兄弟姐妹一起玩，但是一种情绪突然袭卷了我，我什么也没有说，就只是站在那里，看着表兄弟姐妹的脸，看着他们彼此互动。我的心里第一次出现这样的想法：他们不是我真正的亲人，我们的血缘根本不一样，我们的长相也完全不一样。

我知道我非常爱他们，不管什么 DNA，都不可能影响我们之间的爱。可是，我就是无法打消这个念头，我和姐姐都不是这个家庭的人，这个事实一直萦绕在我心里，挥之不去。

我不知道我为什么会有这样的想法。所有的阿姨、舅舅、外公跟外婆对待我和姐姐，就和对待其他的表兄弟姐妹一模一样。他们对我表现出爱，给我亲切的拥抱和亲吻。所以，我真的不知道，当时的我的脑海怎么会浮现那样的想法。直到今天，我还是无法解释我当时的念头是怎么来的。

我根本不好意思跟爸妈或其他表兄弟姐妹谈起我的想法，在那段假期里，我只把这件事藏在心里。这感觉真的很难启齿，因为家族的所有人都那么爱护我，十一年来用心陪伴我长大，我也一直认为自己就是家庭的一分子。可是，这个突如其来的想法，却动摇了这一切。这种感觉真的不是用“不好意思”就能形容的。

剩余的假日，我一如往年般尽情欢乐，游泳、露营、打扑克牌，但是，在假期终了时，发生了一件事，终于让我在两难的心境中，做出了一个决定。我们全家族的人聚在一起拍了一张全家福的照片，包括所有的表兄弟姐妹、阿姨、舅舅及爸妈，甚至连家里的狗儿都入镜了。至少有三十个人在那张照片上，再加上一只黄金猎犬。不用说，照片上每个人的脸上都挂着笑容。

当舅舅泰瑞把照片寄到我们家时，我盯着这张照片看了很久，我扫视着照片上每个人的脸，甚至还忍不住笑出声。这张照片对我而言非比寻常，每当我对自己真实的处境感到不确定时，我就会想起这张照片。

我看着这一张张美丽的脸庞，觉得我们真是一个快乐的大家庭。这个世界上，没有任何事情能够改变当时我们共同拥有的快乐。照片里的老老少少，除了忘记戴上假牙的老人家之外，每个人都露齿而笑。每当我看着这张照片，就会自然而然地开心起来。虽然我和照片里的人有不同的血缘，但是我们绝对彼此相爱。光是这些爱，就足以让我的家人、我姐姐，以及我，凝聚成一家人。

然而，从那天之后，我更频繁地思索谁是我的亲生父母，以及他们为什么要抛弃我的问题。我想找出我的亲生父母。我不但想挖掘被抛弃的真相，而且我真的很好奇，我有没有其他兄弟姐妹。我甚至还想过会不会有双胞胎的兄弟。这个想法真的吓到了我，因为很难想象，看到另一个跟我长得一模一样的人，出现在我眼前的情景。

在我高二有一次上英国文学课的时候，我忘记为什么老师会让我们看电影，片名叫“大笨蛋”(The Jerk)。为了不让片名误导大家，我还是先介绍一下这个故事的大纲。

那是发生在二十世纪七十年代美国乡下小镇的故事，演员史蒂夫·马丁（Steve Martin）饰演一个智力不足的人，被非裔的美国家庭所领养。他是个白人，但他以为这就是他真正的家。他就像寻常的孩子一样在乡间逐渐长大，在家里经营的农场里帮忙。在他四十岁生日的时候，庆生会一如往年，但是史蒂夫突然领悟到一件事：他的兄弟姐妹跟爸妈都是黑皮肤的人，只有他是白人。

他看着父母问，为什么其他人的肤色都跟他不一样。他的父母知道迟早要让史蒂夫知道这件事，就跟他解释了来龙去脉。当父母告诉他说，他是领养来的孩子时，史蒂夫的反应是：“哦，你的意思是说我的肤色就是这样，以后都不会改变了吗？”整部电影里，我最爱的就是他这句台词。

在知道真相后，史蒂夫决定要去外面的世界闯一闯，开创他自己的人生。结果，他成为一个相当成功的有钱人。

告诉你这个故事，并不是因为我以后也会成为成功的有钱人，而是因为他在知道自己是被领养的孩子时所做的决定。他有了去追寻不同生活的顿悟，想去看看这个世界。

我和姐姐都知道我们是被领养的孩子，对这一点，我们毫无疑问。我也知道我的头发是黑的，并且不可能会有白皮肤。我跟其他父母的小孩子唯一有区别的，就是我跟爸妈的外观了。虽然我和爸爸有许多共同的兴趣、感受及想法，但我知道，我永远不会长得像他一样，我也不会有妈妈的迷人笑容。不论我多么深切地感受到我是哈里斯家庭的成员，我的外表仍然无法改变，我就是不可能会长得像父母家族的人一样。

在看完《大笨蛋》这部电影之后，我开始去想，当我变老的时候，我会长得怎么样。我不像电影里的史蒂夫一样，以为自己会在一夜之间就变形成功，或是经过一段时间之后，就会拥有妈妈的笑容。但是我还是无法想象出二十年后的自己，究竟会长得怎么样。

我不仅对我的外表好奇，也对于自己血液里的遗传因子存有更大的兴趣。我血液里有糖尿病、癌症或高血压的因子吗？我试着让自己不要想太多，结果却愈来愈无法摆脱这些好奇的念头。想要寻亲，并非是要确认我究竟是不是拥有中国皇室血统，而是想知道，我所流的血液里含有什么样的基因。

在我高二的时候，我有机会成为交换学生，到其他国家念书。我毫不犹豫地知道要选择哪个国家。我很想对我自己的根源知道更多，包括信仰、语言等。我的第一选择就是去中国大陆，但是因为种种复杂的因素而无法实现，于是我选择去台湾这个美好的岛屿。

去台湾可说是我寻根的第一步。但是，一开始我并没有要借由去台湾寻亲的念头。就像电影里的史蒂夫一样，我只想去看看家园以外的世界是什么样子。去台湾，在当时可说是最理所当然的选择，现在看来也是我做过的最聪明的决定了。

首次出国到台湾的一年，我学了好多东西，成长了许多。我达成了自己想要的目标，也知道了更多中华传统文化及生活模式。回去美国之后，我发现我还想要再来台湾一次。我真的很喜欢在台湾生活、说中文，更确切的说法，应该是“学习说中文”。

在大三的时候，我二度回到台湾当交换学生。这个时候的我，知道自己有能力，也有时间，可以利用农历新年的长假到大陆去旅行。我告诉爸妈，我想要回自己出生的城镇看看。我爸妈太了解我了，他们毫不反对就答应了。就在我决定要重返出生地的时候，我想到，何不趁此机会寻亲呢?

当寻亲突然变得有可能，我就再也无法放弃这个念头了。我爸妈总对我说，要倾听自己内心的声音，而这个已在我心里酝酿多时的渴望，此时对我发出最大声的呼唤。

02

妈妈跟我都非常爱你，希望你能找到亲生父母

寻亲的想法，至此已经变得愈来愈真实了，我无法让自己忽略这个内心的渴望。接下来的步骤，就是怎样让这个想法实现。

首先，我得先跟家人谈一谈。我爸妈的感受，将决定我去不去大陆寻亲，如果他们会因此而感到一丁点的伤心或不舒服，那我一定会取消这个计划。我最担心的，就是这个决定会伤害到我爸妈，我不希望他们难过或忧虑，以为即将要失去我。所以关于寻找亲生父母这件事，我要先知道他们的想法。

要我开口跟妈妈说，我想去寻找亲生父母，是一件难以启齿的事，但我还是开口问了。在爸妈同意我去大陆探访出生地之后，我又打了一通电话告诉他们，我想要趁这趟旅途寻找亲生父母。

爸妈的反应比我想象的好多了。他们虽然没有手舞足蹈那么高兴，但也没有伤心的表现，让我松了一口气。

我告诉他们我为什么想要寻亲。他们认为，我有权利知道自己的亲生父母是谁，也支持我这样做，不会阻止。寻亲是我自己的决定，而且也是我要独立完成的旅程。

在跟妈妈谈过之后，我跟爸爸有一段私下的对话。我问爸爸，对于我要去寻亲这件事情，妈妈真正的感受如何，她是不是内心难过，却不敢让我知道。

爸爸的答案则完全出乎我意料。他说："怀亚特，这趟寻亲之旅，不会影响妈妈跟我对你的爱，也不会改变你对我们的爱。这趟旅程只是代表妈妈照顾了十六年的孩子，将要独自展开一段旅程。对一位母亲来说，看着自己的孩子出国，还要去茫茫人海中寻亲，的确很难放心。”

听到爸爸这么说，我只想让妈妈知道，她在这世界上是无可取代的，我希望能做些什么让她好过一些，否则我的罪恶感会更深。

在我看来，这趟旅程，正好可以显现出爸妈过去对我的教养及训练，显现出他们是多么不可思议，能够全心全意支持我，去完成看似愚昧但我却执意前往的寻亲旅程。

当我跟爸妈进行这些对话时，我人在台湾，他们在美国。我无法握着妈妈的手或是坐在爸爸旁边，告诉他们我有多爱他们。我多么希望能当面告诉他们，我觉得自己能成为这个家庭的一分子实在很幸运。

我爸妈在态度及金钱上都全力支持我，于是我就开始搜集必备的资料。这是件相当耗费心力的事，因为我人在台湾，手中没有任何被领养的文件。这意味着我要花许多时间，在深夜打电话到美国询问一些被领养时的细节。

我爸妈有个小盒子，里面存放着我跟姐姐被领养时的资料、照片，以及小时候穿的衣服等。我的这些文件都是用中文写的，我以前从来没有好好读过。现在，我已经懂一些中文了，所以可以自己翻译，若还有看不懂的地方，就找台湾的朋友帮忙翻译。

当我在等待文件从美国寄来时，我跟爷爷理查德联络，让他也多提供我一些信息。当年是他跟爸爸一起飞到中国把我接回美国的。他寄给我一些照片、便条纸，还告诉我去领养我的时候发生的事。那些便条纸上有些人名跟地址。

我迫不及待地读爷爷写下来的领养过程。我已经好久没有读这份记录了，再读一遍带给我很大的帮助。我把一些人名跟照片放在一起，虽然不确定会派上用场，但是我妥善地保存它们，以备不时之需。

在便条纸上，有一个人的姓名、地址和电话，那是当时的翻译人员亚当的联络方式，我很高兴上面竟然有电话跟电子邮件地址。我写了两页的信，通过网络，传给亚当，告诉他我的爸爸及爷爷是谁，以及我想寻亲的意图。然后，我拨了电话，那是加拿大的号码，话筒那端传来的是一个女性的声音，告诉我这个电话已经没有人在使用了。

在爸妈寄给我的包裹里，有一些照片和中文文件。我马上把文件中重要的部分翻译出来，包括日期、地点、姓名等。第一份文件是孤儿院报告收到弃婴，以及警察局简短的记录。

从文件中可以得知，我在一九九一年三月十八日被丢弃在马鞍山体育馆，由杨家山派出所负责处理拾获小孩的警察受理报案，然后很快，我就被送到孤儿院了。这份文件的结论是："无人出面认领这个婴儿。"这份文件有两个版本，英文版和中文版，在看完中文版之后，我瞄了一眼英文版，发现文件中从头到尾都用"女孩"来称呼我。这让我觉得有点好笑，也有点不高兴，就算我婴儿时的笑脸很可爱，也不能把我当成女生啊。

第二份中文版的文件是出生证明。它就像一般的出生证明一样，只有姓名、年纪和性别而已，除此之外，就没有更多的资料了。这些资料对我有价值的部分只有出生日期。看着上面记载的出生日期，我很好奇，他们怎么会知道我的生日，又或者他们是用什么方法推算出我的生日的。我把这个疑惑写下来，希望之后有机会找到答案。

这是去中国寻亲时，最基本的官方文件了。但是这些资料显然不够，我试图从其中再找到更多蛛丝马迹。过了一个星期之后，我已经能确定我被捡到的地点、我被丢弃的时间，以及马鞍山市一家孤儿院的名字。

老实说，当时我觉得毫无头绪，根本不可能找出我的亲生父母是谁。所以，我并没有安排很长的时间待在中国。如果必要的话，我可以待在马鞍山两星期。但是，就目前手中的资料看来，我可能只需要两天就能找遍我所知道的地方了。

有了这个心理打算，我并没有预订宾馆，因为我不确定会待在马鞍山市超过两天 。我想，我很可能会从孤儿院开始，再转往其他的省份或城市去找更多线索。

在这两个月的准备时间里，我时常反问自己，这趟旅程究竟有什么意义。好笑的是，我虽然一直在为寻亲做准备，却从没想过一旦找到亲生父母时，我第一句话该说什么。在这两个月内，有愈来愈多朋友知道我即将前往中国去寻亲，而最多人问我的一个问题就是:“你会怪他们遗弃你吗？”

我的回答是:“他们的确遗弃了我，但是，我还不知道他们为什么要遗弃我。而我必须承认，现在，我在美国有很好的生活，所以，我也不必为他们当年的举动而愤愤不平。既然我已经拥有好的生活，如果我还一定要怨恨他们，那似乎就太幼稚了。”

在我出发前，我扪心自问，对于那个遗弃我的家庭，我真正的感觉是什么。如果我想要对他们表达任何感受的话，那感受就是，我原谅他们。我甚至不愿去揣想，他们会为了当年所做的事承受多大的罪恶感。如果我真的找到他们，我想要让他们不再自责，让他们能原谅自己当年的行为。我原谅他们，而且也衷心感谢他们所做的一切，因为，如果不是他们遗弃我，我不可能会拥有现在的生活。

在临近出发时，我拿出地图，试着要找出马鞍山市在哪里，我想知道最近的机场是哪一个，附近最大的城市又在哪里。现在想来，我对这趟旅程的欠缺准备真是令人汗颜。我不知道要怎样从南京机场到马鞍山市，对于到了之后该怎么办，也毫无概念。

在前往马鞍山市之前，我跟爸爸和阿姨先在北京待了一个星期，参观了万里长城、故宫和几间博物馆。就在他们要先行返回美国的前一晚，我们一起在饭店大厅小酌，谈起我即将继续的旅程，我没有太多的细节计划可以告诉他们，我甚至连第一天要住在哪里都还不知道。尽管爸爸跟阿姨都支持我去寻亲，但是阿姨也说出他们共同最担心的事：如果这趟旅程我找不到亲生父母，我会有什么感觉及反应?

在出发之前，我告诉在美国的家人跟朋友，这趟旅程，纯粹只是因为我的好奇。我并不是要去找亲生父母来当我的新爸妈或新朋友，我只是想知道当年他们为什么会丢下我。所以，如果没能找到亲生父母，我也不会生气或难过。就算只是重回当年我出生的城市，对我来说也已足够。我实在很幸运，有这么多家人及朋友关心我的感受与情绪。

爸爸和阿姨要飞回美国的那个早上，我也要飞往南京机场。我们在机场拥抱道别，爸爸说："妈妈跟我都非常爱你，我们希望你能如愿找到亲生父母。"

03

回到我的故乡，马鞍山市……

在飞机降落南京之前，我已经开始觉得紧张、全身无力。

我还没想好要怎样从南京机场到马鞍山市，我不知道交通费贵不贵，更不知道会花多少时间才到得了。我开始怪自己准备不周。当我走出航站大厅时，我终究得面对问题。我走出机场，在周围绕了大约三十分钟，查看地图，想要对当地环境得到一个粗略的概念。在机场的边缘，我看到一个公车站，问清楚我该搭哪一班公交车后，我就开始耐心地排队。

在队伍中，我突然发现排在我后面的年轻女孩在皮包里翻找东西。我不得不承认，她长得实在很漂亮，让我忍不住多看两眼，我开始怀疑，也许这段旅程该不会只是浪费我的时间和我爸妈的钱吧。

上了公交车坐下后，我开始跟这位女孩交谈。她姓何，目前在上海工作，因为过年，所以有几星期的假日可以返乡。她正好要回马鞍山市，于是我刚好可以跟着她。在车上，我们聊中国、马鞍山市等。在大约一小时的车程里，我不停发问，想知道更多。抵达马鞍山市之后，我问她哪里有宾馆或住所可以让我待一个晚上。她指出一个方向，然后把她的电话告诉我。

马鞍山市，这就是我的故乡，我终于回到故乡了。对大部分人来说，故乡就是出生的地方，但是，我的过去发生了这么多事，所以在我心里，我对故乡有自己的定义。故乡，是可以跟家人、朋友团聚的地方，在那里，自己不会觉得好像是陌生人或流浪汉；故乡，是你离开很久之后，还会想念的地方；故乡，会让你感到熟悉又自在。

当我走在马鞍山的街道上，我没有感觉到这是我的故乡。我孤单一人，觉得自己并不属于这里。在这里，我就像没人认识的流浪汉。我背着九公斤重的背包，毫无目标地在街上逛。当我想到自己终于回到出生的城市时，脸上有了一丝笑容。我深吸了几口气，但是只吸进了空气中的烟尘。

等我累到再也走不动时，我走进一家看起来很不错，也很安全的宾馆。我先在一间房安顿下来，也换了一套衣服。接着我找到宾馆里的商务中心，开始用计算机在网络上搜索关于马鞍山市的资料。几分钟之后，我发现中国政府对网络有严格的限制，我费了很大功夫还是找不到马鞍山市那家孤儿院的地址跟有用信息。因为搜索不到网站，我走向坐在角落聊天的两位年轻女孩。

你可能会认为，我只是想找机会跟漂亮美眉搭讪，但事实并非如此。我真的需要她们的帮忙，而她们看起来也很好心。我花了大约五分钟跟她们解释，什么是孤儿院，以及我为什么要到那里去。

其中一个女孩一脸困惑，说她对马鞍山市也不熟悉，这里应该没有孤儿院。我还来不及反应时，另一个女孩已经放下手中的电话，写下马鞍山孤儿院的电话号码及地址交给我。直到此刻，我才觉得自己没有找错方向。我握着手中的电话号码及地址，心里想，总算没有白费这一天。

因为对马鞍山市不熟，我只敢在宾馆的周围活动，以免第一天就迷路，或死在宾馆外面。我觉得很饿，也觉得人情很温暖，在车站遇到的女孩何小姐，以及在饭店遇到的这两个女生都让我心情振奋。在我成长的过程里，我学会了感激所得到的帮助。日常生活中，类似这样的帮助，总是自然而然地发生，使得我们有时候会忘记向伸出援手的人表达谢意。

这个念头，促使我在必胜客店里排队排了半小时，点了一客加更多奶酪的辣味香肠大披萨。捧着热腾腾的披萨，我回到宾馆的商务中心，邀请那两位女孩跟我一起分享。她们一开始很客气地拒绝，但是后来敌不过浓味奶酪的诱惑，终于答应了。这时我们才有机会真正互相认识。我们聊学校、工作和当地习俗等，我的旅程有了最好的开端——我开始认识朋友，也更接近自己的目标了。

04

如果没有被领养，我的人生会如何呢？

重返孤儿院，是我这趟中国之旅的主要目的之一。

我知道，这趟旅程要找到亲生父母的可能性很低，但是对于找到抚养我的孤儿院，我抱着很高的期待。不管他们是否还记得我都没关系。在出发之前，我满脑子想的，都是怎样才能找到那家孤儿院，我完全没空去想如果真的找到了，我会有什么感觉。

只是，要找到孤儿院，比我想象得还难。出租车载着我在这个城市里绕了好久，不知转了多少个弯，终于在一栋建筑物前停了下来。但我一点都不兴奋，因为那栋建筑物就像是被废弃的房子，到处都是坏掉的玩具及垃圾。还好，我下车确认了之后，发现那只是一所废弃的幼儿园，并不是我要找的孤儿院。我深吸一口气对自己说："感谢老天爷。"

出租车司机凭着地址，向第四位当地人问路之后，我们找到一条上山的路。这条路铺得很好，让我们重燃希望，可是，马上映入我眼帘的，却是一堆弃置的房舍，空地上堆满垃圾。我顿时觉得，这样没完没了下去，一定找不到的。出租车每开过一公里，我的心就受一次打击，我感觉好像坐了几小时的出租车，但事实上只有三十分钟。终于，我在一家福利院的大门外下了车，我左看右看，心里嘀咕着："哪里可以找到厕所啊？"

玩笑归玩笑，我一手拿着相机，一手夹着文件，走进这家福利院*的院子。这是一个很漂亮的地方，有花有树，到处打扫得很整洁，还有一些老人散坐在四处。看得出来，这里的环境卫生有人定期维护。然而，我穿过院落，没有看到小孩子在奔跑，也没有听到孩子们的声音，我看到的只有老人，有些老人在运动，有些在抽烟。看到这景象，我有些难过、害怕。我所担心的事似乎成了事实。这个地方已经不再是孤儿院，而是变成养老院了。

我不甘心地继续在这里四处逛着，突然，我听到很远的地方有婴儿的哭声。我循着哭声的方向前进，哭声变得愈来愈大。就在哭声变得很清晰的时候，我看到楼梯边一个牌子写着“婴儿区”。我高兴地跳了起来，心中重新升起希望，怀着兴奋又紧张的心情，我踏上阶梯，走上楼去。

我看到一个房间，里面到处都是婴儿，其中有一个婴儿满脸泪痕。如果不是她放声大哭，我可能已经失望地转身回家去了。我微笑盯着她看，把我的手指放在她的小手里，跟她打招呼：“嗨，你好。”当我摇晃着她的小手，她露出一个最甜美的笑脸。

我看看四周，发现在隔壁房间里有三位妇人正在喂其他的小孩，我很快地走到那个房间去，向她们自我介绍。就在我重复我的名字时，其中一位保姆的表情从一脸困惑转变成快乐的笑脸。她笑着重复我的名字，一边又喊着其他的工作人员。我不敢相信，这位保姆竟然还记得我。

我一脸震惊，抹去眼泪，同时也看到每个人的脸上都挂着笑容。他们急着想知道一直以来我过得好不好，我是在工作还是在

* 马鞍山市福利院不只收容孤儿，也安置独居老人。

读书，我住在哪里。在回答完他们一连串的问题之后，就轮到我发问了。我问的第一个问题是："我小时候是不是很吵、很多话啊？"那位保姆笑出声说："对呀！"我问她我小时候长得怎样，她说我很好玩，也很可爱，总是跟女孩儿混在一起，不喜欢跟男生玩。很明显，有些习惯是很难改得掉的。

我走过婴儿室，盯着娃娃床上每个小孩看，这些孩子从两个月大到六岁不等，我很难过这些孩子只能孤独地待在这里，他们的眼神看起来是这么无辜，当我握着他们的手，我可以感受到他们内心的寂寞。看着这些小孩，我发现每个人或多或少都有不同的身体障碍，这让我开始猜测，我也是因为有肢体残障，所以才会被丢弃，因为家人不愿意面对我的不完美状况。十六年前，我就像这些孩子一样，没有家人，不知道自己的命运如何，也毫无成功的机会。

这里总共有二十六个孩子。几乎每个小孩都有身体缺陷或是心智障碍，更不用说，有些孩子还有营养不良的情况。在这里，每个孩子都被温暖的毛毯包裹着，可能等着要喝奶或吃饭。有一位六岁大的小男孩吸引了我的目光，他是二十六个小孩里面年纪最大的。他坐在门口的一张小桌子旁边做他自己的事。我走向他，跟他打招呼："哈啰！"他很害羞，不知道要怎样回应，但是当我递给他一片口香糖时，他发现我是好人，就开始理我。

他真的是很独特的孩子，我帮他撕开口香糖的包装后，他看见挂在我脖子上的相机，于是，他指着相机问我："那是什么？"我把相机挂到他脖子上，然后教他怎样拍照，告诉他要看哪个镜头，怎样把景物容纳到取景框里。他很快就学会了，然后就开始拍起照来。

重返孤儿院*让我大开眼界，我真的很幸运。这也是命运的安排，我才会听到娃娃的哭声，能够再见到那些曾经每天照顾我的人。看到我十六年前所过的日子，我的情绪就像坐云霄飞车一样波动起伏。尽管孤儿院的孩子都受到妥善的照顾，那里也充满欢笑的气氛，但是，我今天在孤儿院里的每一分钟，都提醒我想到自己的处境：如果我没有被领养，我的人生会如何？

---

* 隶属先前提及的马鞍山市福利院。

05

儿时玩伴也还记得我!

我回到孤儿院的消息迅速在院里散播开来。

很快，有位年轻人出现在我面前，他年纪跟我相仿，但是身高只有我的一半。我不知道他是谁，我也不晓得为什么他的出现会引起一阵骚动。经过几分钟的说明跟介绍，我才知道他的背景。原来我们以前曾经住在一起，共同生活，而且两个人非常要好。他叫马振杰，经常在下课后找其他的小孩子一起跟我玩。马振杰现年二十五岁，而且拥有一家自己的小公司。

接着我还遇到另一位儿时玩伴，他现年二十四岁，目前是孤儿院的场地管理员。他和马振杰都没有被领养，而且，也永远不会被领养了。我很兴奋遇到这两位童年玩伴，他们参与了我在孤儿院四年的人生。但是在兴奋的同时，我也感到有点担心，他们都记得我，可是我却对他们一点印象都没有，在我四岁的时候，他们大约八岁大。想到我们在十六年前，曾经一起吃饭、一起玩耍，而现在还可以再见面，这实在是很棒的事。之后，我们还要一起喝两杯呢。

我对中国所有的记忆，对孤儿院所有的记忆，只有和保姆一起拍摄的照片。我其实不知道她是谁，但我猜想，她应该是对我很特别的人吧。十六年前，我爸爸跟爷爷来中国领养我时，他们为我跟保姆拍下了几张照片，照片里，这位保姆不是抱着我，就是跟着我一起笑。所以我对她从一开始就只有好印象，但是现在却完全想不起来当时跟她相处的情形。小时候爸爸就告诉过我，我很黏她，根本不想离开她的视线，当她把我交给爸爸和爷爷时，我又气又怕，还在她脸上咬了一口。

以前，我常常在想，我会不会有机会可以当面见到她。就在我决定到中国寻亲时，我也希望此行能够见她一面。虽然我告诉自己要保持乐观，但我还是觉得她很有可能已经换工作搬到其他地方去住了，我所能做的就只有祝福她。

在我抵达马鞍山市的第三天，早上八点半，我坐在孤儿院的办公室里，等着照片里那位保姆的出现。我不敢相信，真的会有机会再见到照片中那位神秘女士。我既紧张又兴奋。我坐在椅子上，手中握着我和她的照片，试着要冷静下来、放轻松，却从头到脚都在发抖。

当我看到门把转动，门缓缓打开，跟照片里一样温暖的笑容就出现在我眼前。我满怀敬畏地站在那里。我想要给她一个大大的拥抱，跟她说“谢谢”，可是我却像一棵树似的伫立在那里，只会点头说“哈啰”。我好气自己连“你好吗？”都说不出口，只会像饶舌歌手吹牛老爹一样猛点头。

直到我的肾上腺素回复正常，我才能好好跟她聊我四岁前的时光。聊完过去，我跟她谈起这次旅程的目的，以及我想要找到的人。她给了我更多的信息，也建议我利用广播电台、电视等来散播消息，让亲生父母知道我在找他们。我原本并没有认真地想该怎么做，但我觉得这不失为一个好主意。

在道别之前，我们又再拍了一次照片，手中握着十六年前我们的合照。现在五十几公斤的我，坐在这位保姆的腿上，手中握着我们十六年前共同拥有的回忆。在那一刻，我了解到，这趟旅程，我得到的，已经远超乎我预设的目标了。我试着让自己镇静下来。她还是像以前一样那么友善、温柔，她邀请我到她家去，跟她家人共进新年晚餐。那天早上，我带着微笑和温暖的心走出孤儿院。

离开孤儿院之后，我就接到马振杰打给我的电话，他邀我一起吃午饭。我很高兴地答应了。没想到他十点半就到饭店来接我，我很困惑为什么要这么早吃午饭，但是我没有说出口，我只是跟着他一起坐车前往吃饭地点。到了饭店，我才发现有一大堆人在那里，有些是孤儿，有些是被领养的人，有些则是孤儿院的工作人员。我跟其他十一个人坐在同一桌，我们大多是年纪相仿的人。马振杰不断把我介绍给其他人认识，而我则努力想要记住人家的名字。成果似乎不太理想，因为我三不五时就要低声问马振杰:“他叫什么名字？”

我被大家缠着问问题。他们想知道我在美国是怎样长大的。我也很高兴能认识他们，听他们的故事。这些孩子并没有自己的家，也没有父母疼爱，可是他们仍然风趣、外向、健谈，并且令人敬佩。在过去二十年，他们似乎借由彼此的扶持，而得到这样正面的人格特质，他们不需要父母或兄弟姐妹。彼此关怀，是他们过去唯一的依靠。

在餐会进行的时候，我看着这些孤儿的互动。刹那间，我不再替他们感到难过，相反，我却为他们感到高兴而骄傲，他们能够靠着自己长大成人，真的是很了不起的事。

午餐结束后，我和三位朋友一起骑着电动脚踏车，去拜访一位很特别的人。当我们走进她家时，其他三个人都称呼她“妈妈”。在我自我介绍之后，她很快就想起来我是谁，我们一边喝乌龙茶，吃饼干，一边聊过去发生的事。下午很快就过去了。

离开朋友的“妈妈”家之后，大家说要带我去一个很特别的地方，让我能够知道自己名字的由来。我们花了四美元的钱坐出租车，到了一座公园。在公园里，有三匹马奔腾的雕像，我们就站在雕像前拍了几张照片。

马振杰告诉我，孤儿院帮我取名为马武宝的由来。原来，所有孤儿院的孩子都姓“马”，因为这里是“马”鞍山；我名字里的“武”取其战士的意义，而“宝”则代表珍贵的宝贝。这里的院童每个人都拥有相同的姓氏，我们就像一家人一样联系在一起。

能够和这些朋友再见面，我得到了许多美好的回忆，这是我一辈子也不会忘记的。我无法形容我有多么荣幸能够跟这些人相处，听到他们的故事、知道他们过去曾经克服的困难，我受到很大的激励。每一次跟他们谈话，我对他们的尊敬就更添一分。而最让我印象深刻的，是他们对待我的方式。他们没有把我当成陌生人，他们尊重我，而且看待我就像是他们之中的一分子。对待家人也不过就是如此。

06

幸运遇到DJ莉莎！

我会把这段经历称作“命运的安排”。

命运？什么是命运？那意味着在正确的时间点，出现在正确的地方？或者那意味着注定好的未来？我不知道命运是否在我的生命中扮演很重要的角色，我不了解，也不期待能了解。但是我知道，在机场公车站遇到何小姐，是命运的安排。

我跟何小姐在分开前交换了电话号码，之后，我们通了电话，约好再出来见面喝咖啡，聊了许多事情，包括人生目标及愿望。我也告诉她，这几天我回到孤儿院和儿时同伴相聚的事。

我们在七点左右道别，她往咖啡店的右边走，我往咖啡店的左边走。我不是很确定我住的宾馆到底在哪个方向，总之，我只想四处逛逛，了解周边的环境。没想到这个举动为我带来危险，也改变了我这趟旅程的结果。

我闲逛了五分钟之后，经过一家广播电台。保姆的建议在我脑中闪过。她在跟我见面时，建议我可以让媒体知道我来这里寻亲，这样，也许能够加速散播这个消息，也比较有机会让我的亲生父母知道我在找他们。我知道现在已经是晚上七点了，而今天又是中国农历过年连续假日前的最后一个工作日，但我不愿意眼睁睁看着机会就这样错过，可是我又不知道要找电台的谁来帮忙，或是要跟谁谈。

我站在电台门口，犹豫着该不该走进去，内心有两种意见在辩论。最后，我想不出有什么理由让我就这样错过这家广播电台，放弃机会。我想，反正也不会有什么伤害，于是我就通过无人看守的警卫大门，走进广播电台的大楼。

这是一栋二十二层楼高的现代化大厦，我穿过大厅，走向电梯。一按按钮，电梯门就打开了，我盯着一排排的按钮，想着我该去哪一层楼。我胡乱地选了六楼，电梯载我上去，门一打开，整层楼一片漆黑，我把头探出电梯外，轻声地喊："哈啰？"一点回音也没有。我回到电梯里，再选了另一层楼，这次我选了二楼，结果还是一样失败。我想我应该没什么猜楼层的天分吧，便决定放弃了。

正当我要从我走进来的第一扇门返回时，情况好像有些不一样。那道门被锁住了。我靠近那道门，想把门掰开，却一点用也没有。我开始担心状况不妙了。我一试再试，又掰了十五秒。这时，一位中等身材的男性，打开警卫室的窗户，向我招手要我走过去。

我不想引起任何骚动，所以我只有很客气地请他把门打开，让我离开。但是他就是不肯开门，虽然我跟他说"请"，他还是不为所动。他看我那么坚持要离开，而且听出来我讲话有口音，所以要求我出示身份证或护照。我告诉他我没有把护照带在身上，而是放在宾馆里。他显得非常生气，而且开始很大声地讲话，我想，今天晚上我死定了。

警卫问我来广播电台的目的，来找谁，要去哪一层楼。我一五一十地告诉他我刚才去了哪一楼，做了什么。可是，当我回想我所说的话，才突然醒悟："糟了！"我的说法，让我听起来就不是什么好东西。我来这里不知道要找谁，也不知道要去哪一楼，听起来就很可疑。

我很客气地一再向他解释，我来这里是想寻求帮助。就在我努力说明的同时，我听到警车的声音由远而近，愈来愈清晰。接着我看到两部警车停在广播电台的门口。我吓得几乎要尿裤子了，只能一再恳求警卫让我离开。

他们对我所说的话充耳不闻，完全听不进去。我吓死了，急着想要从这一团混乱中脱身。这时，一位身穿黄色外套的女性来到大门口，她看到警车，又听到我用英文喃喃自语，于是，她问我发生了什么事。

听到她开口说英文，真是让我惊喜交集，我赶快把整个事件的过程告诉她，让她知道，警察已经准备要逮捕我了。这位女生终于听懂我的故事，也理解我为什么会跑到广播电台来乱逛。她帮我跟警卫和警察解释清楚所有情况，并且请他们让我离开。直到警卫把门打开，我才松了一口气。我不知道自己跟她说了多少次的“谢谢”，但是我真的很高兴她拯救了我。

她问我住在美国的哪里，现在住在哪家宾馆。我向她说明我住在俄勒冈州的汉密尔顿市，还告诉她我现在的地址。她告诉我她叫作莉莎，是电台的DJ。一听到她是DJ，我的下巴都快掉下来，一句话也说不出来。她说，她就住在离我宾馆不远的地方，所以可以载我一程，我也可以把我的故事再多告诉她一些细节。

天啊！莉莎实在太好心了。我跳上她的车，并且从头开始说我的故事。我把整件事的来龙去脉解释给她听，而她也不断问我问题。我很高兴她对整件事情充满兴趣。

她载我到宾馆停车场后，我们交换了电话号码。在我下车前，她说，她会尽力协助我寻亲，但是在这为期六天的新年假期里，她不敢承诺能帮上什么忙。

我没被警察抓走，已经很庆幸了，更何况还有人载我回宾馆，而且认识了电台 DJ，所以，我的心情很好。一小时之后，当我换上睡衣准备休息时，我接到莉莎打来的电话，她说她的主管愿意在明天为我制作一个特别节目，来报道我的故事。我兴奋极了，高兴得都快要哭出来了，我们约好明天早上九点钟在饭店的停车场见面，一起到广播电台录制节目。

广播电台的莽撞探险，几乎都要酿成灾祸了，没想到却因祸得福。后来莉莎才告诉我，在前几天，有人闯入电台，所以警卫才会提高警觉。我可以了解警卫的难处，要应付一个美国来的年轻小子，对他来说是很大的挑战。

命运实在很奇妙。如果我没有遇见何小姐，我就不会跟她约在广播电台旁的咖啡店见面；如果我不是在那个时间点跟她分开，我也不会就这样闯入广播电台的大门；如果我没有决定走进广播电台，我就不会差点被逮捕，也就不可能遇到莉莎来帮我解围。如果莉莎那天不是刚好替她的朋友代班，她也不会在那里向我伸出援手，我也就没有机会认识电台 DJ 了。

这一切巧妙的安排，让我能够顺利地继续我的寻亲之旅。不论这是不是命运的安排，我只能说，这真的是神奇的一天。

07

我想知道为什么亲生父母会丢弃我……

接到莉莎通知我要上广播节目的消息后，我赶快准备可能需要的资料。

我不知道莉莎会问我什么问题，也不知道节目有多长，所以我只能尽量准备几个可能会用到的中文字词，例如，“孤儿院”、“警察”，以及“逮捕”。早上九点一到，我站在昨天向莉莎道别的宾馆停车场，等她来接我，心里想着要问莉莎什么问题，我不希望在十五分钟的车程里只有尴尬的沉默。当我看到她的白色轿车靠近时，我对她微笑并挥手。

上了车，莉莎问我会不会紧张，我很老实地告诉她，我根本就吓呆了。我觉得听众不会听得懂我讲的中文，也担心会听不懂听众问的问题。莉莎安慰我说不会如此，她会在一旁帮我翻译。

当我抵达电台时，我又经过门口的警卫室，我跟警卫挥挥手，给他一个早安的微笑。我很高兴自己不再是那个乱闯电台的入侵者。

我们按了八楼的按钮，走出电梯，有一些记者跟我打招呼，询问我关于这趟寻亲之旅的细节。我完全没有预料到会有报社记者来采访，但我就是尽我所能地回答问题。经过一连串的拍照，左拍右拍，还拍我的手臂，我心里想，这可是我生平的头一遭啊。我不知道为什么记者会对我的故事感兴趣，也从来没想到要借由媒体来帮忙我寻亲。但我很高兴，也很感谢他们愿意报道我的故事，让更多人知道这件事。在那时我还不知道，这些报道会对我的寻亲造成什么影响。

其中有一位记者问了一个切中要害却完全错误的问题，他说:“为什么你要回来寻找亲生父母呢? 你在美国的爸妈对你不好吗? ”听到这个问题，我没有觉得生气，只是愣住了。我从来没有考虑过别人可能会用什么样的眼光，看待我寻亲这件事情。我用非常平静的声音向记者解释，我在美国过得很好，所以才能够到中国寻亲。

广播节目即将开始，莉莎的主管竖起大拇指，莉莎向我招手要我走进录音室。我坐在莉莎的左边，戴上巨大的耳机，三，二，一，节目开始了。

莉莎按下按钮，打开了我的麦克风，音乐声终止，她向所有的听众祝贺新年快乐。接着，她向大家介绍今天的来宾，我听到莉莎告诉听众我的故事，她似乎把故事诠释得很优美。她花了三分钟谈这件事，我转头看她，发现她正在掉眼泪。我被这突如其来的情绪震撼了。我不敢相信，一位昨天还全然陌生的人，会因为诉说我的故事而难过落泪。我很惊讶，我的故事带给她那么深刻的感动。

接下来，莉莎开始问我几个简单的问题，例如我就读的学校，读的科系等，然后，困难的问题开始登场了，例如，为什么我要回来寻亲，我希望能达成什么目标。我回答莉莎以及 FM 92.8 的听众说:“我回来，只是想要知道真相。我想知道为什么亲生父母会丢弃我，是因为我不够好吗? 是因为我只有一只手臂吗? 或者是其他的原因。不论答案是什么，我都想要知道，我也应该知道。我只想跟他们面对面坐下来，看着他们的眼睛，问他们这些问题。”

当我谈这件事时，我的心里一点生气或责怪的意思都没有，我真的只是想要见他们，然后问清楚这些问题。

莉莎在麦克风前问我:“在这个除夕的团圆时刻，你会如何度过？”我唯一想得到的答案是：“我会在宾馆等亲生父母来。”

我强忍住泪水，转头向莉莎道谢。我已经把我的期待大声又清楚地传达出去了，希望我的亲生家人能够听见。

在节目进行到一半时，已有听众陆续打电话进来，表达对这件事的关心。虽然这些听众都不是我的亲生家人，而是一群陌生人，但他们却给了我最诚恳而温馨的支持。他们留下自己的姓名、电话，希望我在节目之后能跟他们联络，他们想让我知道在过年这段时间我并不孤单。这些完全陌生的人竟然邀请我到他们家与他们共度新年，这让我深受感动。我觉得马鞍山人真的很特别。

节目结束之后，莉莎跟我一起拍照，希望能让我有机会上电视，让更多的马鞍山人知道我的故事。能够上广播电台已经让我目瞪口呆了，竟然还有打电话进来的听众说，要把我的故事及照片放在网络上。而马鞍山周围城市的媒体也打算报道我的故事，这样一来，如果我的亲生家人已经搬离马鞍山，他们就有机会得知我来寻找他们的信息。

这实在是很神奇的事，前一天我还觉得自己孤单一人在异乡，只隔一天就觉得整个马鞍山市都在帮我寻亲。我很讶异有这么多人关心我，我不知道该说什么，就只能说谢谢。在这么多媒体的关注之下，我不再认为寻亲是不可能的事了。现在不只是我一个人在找亲生父母，整个马鞍山市及周围的城镇也都在谈论着我的故事。我从没有想到会有这么多的资源帮助我。经过今天所发生的事，我的心里充满全新的想法，整个人充满希望及力量，一心要达成这段旅程的目标。

08

为这些孩子找一个家

我这趟中国之旅最难忘的一餐，就是和孤儿院院长及院童共享的午餐。

马鞍山市孤儿院为我安排了这一餐，希望借此机会让我见到更多人。我们二十个人围坐一张大圆桌，我坐在孤儿院院长的右边，我的另一边则坐着一位翻译员。同桌的还有我在孤儿院的伙伴，以及在孤儿院长大的代表。

孤儿院的院长，主要职责就是确保院童的安全及福祉。当我第一次见到他时，我不知道他实际要做些什么，也不知道他对孤儿院有什么贡献，我以前根本不知道有这个职位存在。于是，我趁这个机会，不停问他关于孤儿院及院童的问题。也许是因为我以前住在那里，所以特别关心这些细节。

其实我心里最想知道的是，一年有多少院童能够被领养。我还没有准备好，院长就已经告诉我答案，平均每年有两到三个孩子会被收养。听到这个答案，我尽量保持镇定，心里在想，我何其幸运，能够成为三个被收养小孩中的一个。接着我问院长，一年平均会有多少孩子被送到孤儿院。答案是，被送进孤儿院的孩子人数，跟被领养的人数差不多。这个事实呈现了好的一面，也呈现了坏的一面。从好的一面看，孤儿院不至于因为院童过多而不胜负荷；而从坏的一面来看，孩子被领养的比例实在太低了。

通过这个答案，我才了解到，孤儿院并非只是一个让孩子暂时居住，等待被领养的地方。孤儿院事实上就是安置这些孩子的地方，让他们在十几岁以前都能在这里生活。

我问院长，如果没有人领养，这些孩子会到哪里去。院长告诉我，当一个孩子被送到孤儿院时，孤儿院首先会帮他命名，给他一个编号并确认年龄。一个月大到七岁的孩子，会住在我第一次拜访孤儿院时所看到的地方。即使没有人收养他们，孤儿院也会有整套的方案来培育这些孩子。

七到十八岁的孩子，会参与“阳光村计划案”，这是由政府资助的计划案，让这些孩子都住在叫作阳光村的地方。午餐后，我也走访了那里，一眼看来，人们会以为那是一间学校，中间有个操场，四周有很多门。而事实上，那不是学校，而是这些孩子跟父母的家。

父母？没错，就是父母。阳光村雇用父母来照顾这些孩子。用“雇用”这个字眼，似乎有点太强调了，我应该说，政府提供给这些父母一个房间，让他们能抚养三到四个孩子。这些父母有固定的津贴，而且也有生活必需品，如床铺、食物。这个方案是要让这些孩子能从父母的角色里，学到责任感，让孩子学会听从父母，尊敬父母，以及分担家务等。

在阳光村的家庭，每家有两个房间，一间给父母，一间给孩子住，孩子睡上下铺，或是三张单人床。在这个阳光村里共有六个家庭，他们都住在同一个院落中，可以自由进出计算机室、厨房跟厕所。在这些计算机室里，有十五台戴尔计算机供这些家庭及孩子使用，还有书籍跟桌椅都放置在这个房间里。这里不是家徒四壁的空房子，这里就是他们的家。

我先前绝对无法想象会有这么一个方案来帮助孤儿院的孩

子，我愈想就愈惊叹。这个院落就像是一个小公社，这些孩子跟孤儿院的伙伴比邻而居，而且在青少年时期，基本上还是一家人住在一起。这些父母不是只跟他们短暂相处一个月或两个月，他们是长期共同在一个家庭里生活。

十八岁之后，孤儿院的孩子到哪里去呢？没错，他们会离开阳光村。但是他们并不是被踢出孤儿院，丢在路上等死。这些人格健全的孩子会搬回他们长大的孤儿院，住在那里。那里虽然没有五星级的设备，但是环境也还不错。每个人几乎都有自己的房间，大小适中，每个房间都有卫浴设备。那房间差不多是美国大学宿舍的大小。孤儿院会让孩子住在那里，直到他们找到好的工作；当他们可以自己负担更好的房子，或是结婚之后，就会搬离孤儿院。

在参观完阳光村之后，骄傲之情油然而生。我深受感动，这些成熟又有责任感的孩子，虽然遭受不幸，仍然受到很好的对待。

那天晚上，我回到宾馆，打电话回美国给妈妈。我告诉她我所看到的一切，也告诉她，我想要回馈孤儿院。我问妈妈，我怎样才可以帮上忙，我只是位穷大学生，我能做什么。她建议我写一本书。我当时没有把这个意见放在心上，但是也没有忘记这件事。她还给我提供了一些其他意见，告诉我怎样可以把这个故事卖给报社或杂志，来帮孤儿院募款。这些想法都很棒，但是我还是想用其他方法来达成。

我心里想的是，我想为这些孩子找到领养家庭。但是对于要怎么做，我却一点头绪都没有。最聪明的女人——我妈妈给了我一个建议，她说，我应该写信给奥普拉*，找她来帮忙。所以我挂了电话，马上就用计算机打了一封电子邮件给奥普拉。

我告诉她我在中国遇到的事情，以及我的所见所闻，也让她知道，这些孤儿院的孩子都保有正面的心态，坚持不放弃的精神。在信的最后，我写道："奥普拉，我希望能为这些孩子找到爱他们的家人，让他们拥有属于自己的父母。"从那一天起，我的寻亲之旅已经不再只是以我自己为中心了，更伟大的事情正在酝酿发生；我的心和那些小婴儿，以及已长大成人的孤儿在一起。我不只是在寻找我自己的亲生父母，我也在寻找方法，帮助这些孩子找到自己的家。

---

*奥普拉·温弗利（Oprah Gail Winfrey），美国知名企业家和电视节目主持人。

09

我在年夜饭时喝醉啦!

春节是中国人最重视的节日。

我在马鞍山市的期间正逢农历新年假日，刚好有机会体验并参与中国传统的习俗。我唯一没有做的，就是在半夜三更放鞭炮，不管那看起来有多过瘾，因为我真的不希望在凌晨时分还有人在我的窗外放鞭炮。

关于过年，我最喜欢的部分，莫过于各家各户准备的佳肴。我第一个去拜访的家庭，是以前照顾我的保姆家。她慷慨地邀请我到她家过年，跟她的家人共进晚餐。进了她家，我换上拖鞋，啜饮着热茶，保姆亲切地跟我闲聊天气。我注意到，是她的先生在准备晚餐。

不要误会我的意思，我并没有性别歧视，我只是很讶异，他先生一个人一手包办了晚餐的准备工作。在我家，如果我爸爸想帮忙妈妈煮菜，一定会被赶出厨房，然后就看到爸爸坐在电视机前看运动节目。而保姆的先生所做的菜色看起来非常美味，有些是我知道的菜色，有些我从来没尝过，有些带有香甜的气息，有些则含有特殊的香味。这些菜看起来都棒极了，而我最想先吃的就是糖醋排骨。

在动筷之前，保姆的先生开了一瓶白酒，倒给他太太、女儿、女婿、妈妈，然后倒给我一大杯。我不确定我是不是应该一开始就干杯，一口喝完这一大杯白酒，所以我慢慢举起酒杯，看着大家怎么做，然后跟大家一样，啜饮了一小口。喔！天啊，还好我只吸了一小口，这酒又辣又烈。相信我，我真的是有点酒量的人，但是这酒几乎让我招架不住了。

一顿饭吃下来，全桌的人不断向我敬酒，我光是这样小口小口地喝，嘴巴就已经麻木到没有感觉了。一个小时之后，我酒足饭饱，还有一张失去知觉的嘴巴，我准备要回家了。保姆的先生拉着我和他的女婿到外面，问我想不想放鞭炮，我回答他们说："我只剩这只手，不能再失去另一只手了。"看别人放鞭炮应该蛮好玩的，但是我不希望置身其中，可能是因为我已经喝得半醉了吧。

我发现，在过年时，家人团聚是最重要的一件事。那些在其他省份或城市工作的家人，都会在这一天回家团聚，共进晚餐，庆祝新的一年来到。

果然，第二天，那些孤儿院的兄弟姐妹就一起准备团圆饭。我很好奇，他们会做些什么菜。当我下午六点到达孤儿院时，我走进院童的一间房间，发现其中一个女孩正在用一个铁板电炉煮菜。

"你只靠着这个铁板，就做出了十三道菜吗？"我问她。

"对啊！"她回答我。

我忍不住在心里赞叹，看到她用一个电炉就能煮出鸡肉、青菜、汤、牛肉，我真是佩服得不得了。然后，愈来愈多人带着椅子和饮料挤进这个房间，他们把床垫搬开，把所有的菜都放在床板上，当作是桌子，然后所有的椅子都围绕着床，大家齐聚一起，一同分享美食、饮料及白酒。这是我到马鞍山以来，吃得最舒服的一餐了。

跟这些孩子坐在一起，我们一起笑，一起哭，一起打闹，彼此之间感觉如此亲近而没有距离。我深深感受到春节团聚对大家真正的意义是什么。这些孩子不需要和妈妈、爸爸、兄弟姐妹一起过春节，他们就是彼此的家人。我想，如果我没有被领养的话，我一定也会拥有这些家人的扶持，跟他们一起长大。

这天，我又很荣幸地被邀请参加另一个餐会，可怕的是，跟前一天晚上一模一样的白酒又出现了。也许是气氛使然，也许是我的肾上腺素作祟，我举起杯子，一口气就把整杯都喝干了。

关于过年，还有另一件很有趣的事，那就是给红包，而且红包里有钱。谁会随便给不认识的人红包呢？孤儿院里就有人给我红包，里面还有钱呢。我虽然知道有发红包这个习俗，但是，我真的很好奇，给红包的条件究竟有多宽松。

我很想知道中国的更多文化习俗，但我从没想到，借由这次寻亲，我会有机会体验这么多中国的感觉。我感觉很有趣，也很兴奋，同时也玩得精疲力竭。

10

那些坐在椅子上的人，会是我的亲生父母吗？

当我刚开始寻亲的时候，线索实在太少了。

亲生父母丢弃我之后，我被送到孤儿院去，取了“马武宝”这个名字。我手中只有孤儿院给我爸爸的领养证明书，以及爸爸跟爷爷来中国接我时所拍的照片。文件里有保姆的名字，以及我被发现的地点及时间，还有处理这个案件的派出所名称。

为了要得到更多资料，我决定利用手中仅有的资料探访一些地方，看看能不能得到更多线索。一位热心的听众张云霞女士，跟她的家人陪着我去。首先，我们去探访亲生父母丢弃我的那个体育馆。我先前听到的关于这个体育馆的信息都不怎么好，它位于这个城市的旧城区，因此政府疏于照顾，久而久之，原本是竞技场的体育馆，竟变成了弃婴的地点，后来在一九九五年到一九九六年之间重建，现在是一个公园。

当我来到这个公园，并没有看到令人难过或贫穷的景象。我看到的是一个充满儿童欢乐的地方，许多父母带着孩子来这里玩耍，还有很多小孩在溜直排轮。公园里有个红色的抽象雕塑作品最引人注意。在这个春光明媚的日子里，大人小孩似乎都很享受这里的欢乐气氛。

我找到我被亲生父母丢弃的那个地方，不由自主地看看四周。我坐在池塘边的长椅上，心里想：“我的亲生父母是不是就住在这个池塘的附近？他们还会不会回到丢弃我的这个地方？”我真的很希望很希望他们能够就这样站出来，承认他们是我的父母。我开始揣想，那些坐在附近椅子上的人，会不会就是我的亲生父母。这种想法让我觉得很不堪。这时我才领悟到，这趟旅程让我跟自己的亲生父母如此接近，却又无从再接近他们一点。

看到这些孩子跟他们的父母亲密地一起嬉闹喧哗，我突然有生气的感觉。我第一次对我的亲生家庭感到生气。我觉得那些蹒跚学步的孩子都能得到的东西，我却被剥夺了。我愈想愈难过，在我三岁之前，我都不能握着爸妈的手，也不能拍一张爸爸牵着我学走路的照片，这些我统统都没有。我只能待在孤儿院里学说第一句话，踏出第一个脚步。

在自艾自怜之后，我试着找一些理由来平息我的愤愤不平。我抹去眼泪，深呼吸几口气，重新振作起来。

我走到就在公园旁的派出所，那里距离公园大约是两分钟的路程，当年捡到我的人，把我送到这个派出所。我不敢期待警察会提供给我亲生父母的姓名，我只希望能看到，发生在一九九一年三月十八日弃婴事件的记录，至少能够读到这段官方记录，知道我当时所穿的衣服，捡到我的人是谁等。我想这趟旅程下来，至少可以找到这些资料吧。

结果却令我非常失望。派出所的人告诉我，他们并没有保留这些记录，就算保留下来，资料也一定少得可怜。那时候，我对派出所感到很生气。为了避免再次招惹警察，我闭上嘴，离开了那里。我很惊讶派出所会在过了一段时间之后，把案件资料清除掉。天啊，现在可是二〇一一年，可以把资料影印保存啊！我们在杨家山派出所停留的时间，就跟我们走到派出所花的时间几乎一样。

回到车上，我坐在靠窗的位置上，望着窗外，时间似乎暂时停止了。许许多多的事件在我脑海中上演，我试着去沉淀那天发生的事。这趟车程好像有几小时那么久，我望着窗外的景象，街道上有许多全家一起出游的行人。此时此刻，我多希望能够飞回美国,跟我的家人团聚在一起。就在我开始热泪盈眶时，车子到站了。我独自一人回到宾馆去休息，沉浸在属于自己的悲伤情绪里。

11

找到救命恩人！

睡了一觉，摆脱昨日的沮丧，我前往下一个地点寻找更多资料，那个地方就是我出生的医院。

我笨到忘记马鞍山不只有一间医院，所以当我告诉出租车司机要去医院时，他问我是哪一间，我才发现我也不知道要去哪间医院。于是我就跟他说，去最近的一间吧。后来我才知道马鞍山一共有四间医院，分散在整个马鞍山市的各个区域。

这间医院，跟我想象的医院完全不一样。这是一栋中型的砖造楼房，每个窗户都是铁窗，我连下车都免了，就告诉出租车司机："下一间吧！"

十分钟之后，我们终于抵达了一间可以称之为医院的地方。因为医院正在进行整修，所以噪音非常大。入口的大厅非常明亮，温度也很低，入口接待处的人员都穿着厚重的大衣在接电话。我询问他们，哪里可以找到掌管出生记录的部门。我那天的运气还蛮背的，那个部门还在放假，但我得到一个电话号码和地址，他们建议我明天先打电话，问问看那个部门上班了没有。护士及接待人员似乎都很乐观，觉得我可以找到出生的记录，我却充满了沮丧的情绪，觉得又过了一天，却得不到更多的信息。

结果，第二天，我的贵人就出现了。孤儿院的朋友介绍一个女孩希斯黎来帮我，她的英文非常棒。在她的帮助之下，我终于厘清了最后四天的行程该怎么做，才能有效率地节省时间。

首先，我应该要回到孤儿院找出更多资料。我希望孤儿院能告诉我，他们是根据什么资料来判断我的出生年月日，以及在那四年里我有没有任何医疗记录。

来到院长办公室，我注意到，他办公室的档案整理得有条不紊。这些档案按照年份排列，每一年的档案里，又分成每个孩子的档案。我们花了一些时间逐一检视这些照片及档案，终于看到了我的照片，上面还有一些基本资料，包括姓名、体重、身高。这个档案被编号为“58”，于是我们拉开档案柜，抽出编号58的档案。

这是一个很大的牛皮纸袋，看起来已尘封多时。拍去上面的灰尘后，我打开信封，把里面的资料全倒在桌上。这内容包括五张照片，以及一叠文件。我当然先看照片，全是妈妈寄给孤儿院的照片，那时我已经在美国安顿下来，妈妈拍了一些照片，里面有爸爸跟我，还有姐姐跟我一起玩耍、洗澡的画面等，照片里的小孩看起来可爱极了。

那叠文件大约有十张左右，非常整齐地装订成册，我翻看这些文件，有些看得懂，有些看不懂，有些是授权书，有些则是出生证明。我还看到我爸妈的签名，看起来像是合约书那类的文件，我勉强可以辨认几个字，像是禁止“不工作、没食物”或是“不得返还”等。我还看到一张很奇怪的小纸片，上面有很漂亮的手写字。我问院长：“上面写什么？”他说，就是你被人捡到时的一些基本资料。我觉得上面的资料一定不只这些。

当我仔细地检视完这些文件后，我问院长：“我可不可以影印这些资料？”院长却马上把整个档案盖起来，拒绝我，好像我刚才要求他把女儿嫁给我似的。我很困惑，为什么连影印都不行呢？但他就是明确地摇头拒绝。所以我还是找不到直接的答案，于是我花了几分钟把我看到的写下来，然后他送我出来。我只得到一点点资料，也不知道是不是有用，我只是有一种奇怪的感觉，觉得我一定遗漏了文件中某些重要的资料。

之后，记者、希斯黎跟我，一起到民政局去查出生资料。我们到达那里时大约是下午两点半，真的很怪，那竟然是职员的用餐时间。我们找到那间存放出生文件的办公室，准备好要进去，我摆好姿势，手放在门把上，让摄影记者能拍到我进门的画面。我很小心地转动门把，推门进入，不料，门竟然是锁住的，只见我整个脸撞到门上去，头痛得要命，最后还得恳求摄影记者把我出糗的画面删掉。

那间办公室在三点以前都不会开门，我们在门上的黑板上看到两个电话号码。我们想，这一定很重要，才会挂在门上。我们试着拨打第一个电话，得到的回复是要我们拨黑板上的另一个电话。于是我们就拨了第二个号码，这才得知，我们根本就去错了地方。对于再次受挫，我实在很不开心，尤其我撞到的头还在痛呢！

这个单位的人要我再回孤儿院去问更多的信息，但那是我已经做过的事了，而且一无所获。我们垂头丧气地离开那里，我觉得很亏欠那些记者，他们到头来只采访到我吃了什么午餐，以及我小时候最爱看什么卡通影片。

记者们建议我再回杨家山派出所找资料。

重回派出所，我才知道，上次我是从派出所的后门进去的，因为那时候并没有警官在，所以可说是不得其门而入。发现这个事实后，我真的很气自己怎么那么没有观察力，我好想赶快回家，喝杯茶，平息我自己的闷气。

记者们陪我走上阶梯，我看到第一扇房门微开，我敲敲门，自我介绍一番，很快地说明来意。我们被房间里的警官，也就是派出所的张副所长，请进他的办公室——没有被铐上手铐。我从头把故事说一次，他一开始被我不寻常的要求给吓住了，但是当他感受到我恳切的心情时，他转变了态度，变得很积极地想帮忙。

他问我，从孤儿院有没有得到什么法律文件，有什么线索。我递给他那张纸，回答他："没有线索。"他沉思了一会儿，试着要想出方法来找到我想要的资料。他告诉我，在一九九〇年之前，该单位的记录保存部门实在乏善可陈，当时的文件都是纸张记录，存放在箱子里。于是他找来负责这些文件的小姐，问她这些资料的保存情况如何，还找不找得到我们所想要的资料。

就在这时候，另一位穿着制服的警官走了进来，手上拿着一本蓝色的本子，他给我看里面的存根记录。每当有小孩子被人捡到送来警局，捡到小孩的人就要填写一份这个单子，这里面有一些最基本的资料，如姓名、地址、在哪里捡到小孩及日期等。他说，我应该有这张单子的另一半，上面会记载捡到我的人的姓名。

我当然从没看过这份资料，但是我决定打电话回孤儿院，去问问看他们有没有这张单子的另一半。相信吗？这次孤儿院真的提供了一条有用的信息。

捡到我的人叫何文秀，她于一九九一年三月十八日在马鞍山体育馆捡到我。

在派出所里的每一个人都因为这个消息而雀跃。这些警官试图要帮我们找出这个人的照片，他们在资料库里搜索，首先找到的何文秀，在当时才五岁大；找到的第二个何文秀，根据住址显示，住在其他省份。然后我们找到第三位名字符合的人，点进她的档案，资料显示，她就住在马鞍山体育场附近。她就是我们要找的人了！

在进一步搜索资料之后，我们发现这位好心的女士已经在二〇〇五年三月七日去世了。怀着伤心的心情，看着她的黑白照片显示在屏幕上，我对她说声“谢谢”，并且轻声为她祷告。

办公室在此时安静下来，副所长准备打电话给何文秀的家人，希望把我在找她的这件事告知他们。在打电话的过程中，我们才发现，何文秀的电话全都被登录到另一个人的记录中，所以，副所长又找来那个管资料的小姐，帮我们找出正确的电话。

终于，副所长联络到这位女士的儿子，跟他确认他母亲是否曾经捡到过一个婴儿，并且在一九九一年的三月，把孩子交到派出所。她儿子记得很清楚，不需要我们提醒细节，他已经记起这整件事情。副所长挂上电话，交给我一张纸，上面有地址跟电话，他说：“何文秀的儿子欢迎你今晚去拜访他。”

我们六个人飞快地跳上厢型车。在到他们家之前，我特别到一家花店买了一大束花，要谢谢他们的邀请。我们找到门牌号码，搭上电梯，门一开，一位十五岁的孩子招呼我们进门。记者们也跟着挤进他家，一阵镁光灯以及一连串的问题包围了我们。

我坐在一个老爷爷的身边，他大约八十五岁左右，当时他是工厂的工人，他太太何文秀则在一家餐厅工作。我问了许多关于那天发生的事的问题，我问他，在捡到我的时候，他在不在场。他毫不犹豫地回答我：“当时我们全家人一起散步。”然后我又问他，我当时穿怎样的衣服，他说，我被放在一个篮子里，穿着红色的衣服，包在毛毯中。当他们第一眼看到我时，觉得我长得那么漂亮，怎么会有父母舍得把我丢弃。直到他们把我送到警察局，填写资料时，才发现我只有一只手。

他笑着说，我被放在厕所旁边的篮子里，他们看到很多人经过这个篮子，却没有人注意到。最后，何文秀决定一探究竟，到底是什么在篮子里，很意外地发现里面竟然有个可爱的婴儿，这个婴儿不哭也不闹。

何文秀的儿子大约四十岁，他记不清楚当时是不是有一张纸条写着我的出生年月日，他不确定。

我向他们道谢，感谢他们帮助了一位婴儿。这位老爷爷在我离开前告诉我："如果不是我们已经有三个小孩，而且生活艰难的话，我们就会把你留下来养大了。"这段话让全屋子都安静下来，我们对这位贴心的老人家及他的太太致敬。

在一连串的资料搜寻工作之后，我竟然能找到救我一命的那家人。我很高兴能跟那位爷爷握手，向他说"谢谢"。我得到的，比我期待的更多。原来，通过努力、坚持，以及一些帮助，不可能的事情也会变得可能。

12

我感受到马鞍山之爱

当我一开始决定要写书时，我就想过，书中一定要提到这些好人，在马鞍山帮助过我的这些善心人士。

“马鞍山之爱”这个标题，也是一位听众建议的，他听到我对马鞍山人的感谢，跟我说了这句话。因此，我要将这篇文章，献给这群把我当作家人一样看待的朋友。

我的故事不仅在报纸、广播电台及电视上报道，也在网络上广为流传。每天，当我回到宾馆，我就坐在计算机前细读这些朋友的留言。他们总是为我加油，或是祝我好运。这些话语陪我度过所有艰难的时刻。

有一位网友写下：“亲爱的马武宝，今天晚上我才读到关于你的事情，你愿意原谅你的亲生父母，让我很感动。你的故事非常激励人心，你让我想要再跟合肥的家人联系，告诉他们你的故事。我想跟你道谢，谢谢你所做的一切，谢谢你提醒我家人的意义。”

我不敢相信，我的寻亲之旅不仅影响我自己，同时也会影响那些关心这个故事的人。后来我才知道，我能够使别人重新省思家庭的重要性，发现生命中重要的一个角落，那就是家人。

在这段时间里，我很荣幸认识了张云霞女士，我第一次见到她时，是在孤儿院的阳光村，她帮我拍了一些照片，说要放在网络上，帮忙散布我寻亲的消息。第二次见到她，是在我住的宾馆，她一大清早就来敲我的房门，把我从睡梦中惊醒。我睡眼惺忪地打开门，发现她跟另一位记者站在门外。我赶快把门关上，因为我身上只穿了内衣裤而已。

这位女士完全没有被我的半裸内衣装束吓到，她只是很自然地就开始行动，为我安排一整天的行程。在我刚认识她的时候，她只是一位热心的听众，但是当我结束中国之行时，我好像已经变成她的孩子了。

张女士不是唯一对我投注大量关爱的人。在某一次的广播节目里，莉莎跟我接到一位出租车司机的电话，他询问我寻亲的进展如何，又说了一些话鼓励我。然后他邀请我共进午餐，我答应他在离开中国前要见一面。当节目结束后，莉莎的主管告诉我们，有一位访客在电梯口等我，原来就是那位出租车司机。

这位先生持续地对我表达支持之意，还邀请我一起吃饭。可惜我那天已经排定行程，于是他邀我第二天中午跟他的同事共进午餐。

第二天中午，他在宾馆门口等着接我，然后我坐他的出租车到三个街口外的餐厅吃饭。我看到一些出租车停在餐厅外面，一走进去，服务生就把我们领进用餐的房间。在那里有九到十位客人，有些是出租车司机，有些不是。我不是很确定，但我感觉那像是某种赞助小区活动的讨论会。我的左边坐着莉莎，一位艺术家坐在我的右手边，他赠送我一份特殊的礼物。那是一件很漂亮的丝质艺术品，是利用丝线及其他材料织成的一幅画，上面有一只玉兔，代表着我返回中国的那年正是兔年。

宴席上，大家不停向我举杯，对我说："欢迎回家。"在餐会接近尾声的时候，我站起来，握着手中的苹果汁，不停地跟在座的每个人道谢。我强忍住哭泣，只是哽咽了好几次，抹去眼泪好几次。我说，能够跟大家认识是很神奇的事情，我很高兴能和大家一起呼吸相同的空气，我可以感受到房间里每个人的温暖及爱。

我很喜欢在中国坐出租车，因为车费不太贵，而大多数的出租车司机都很和善。自从我上了广播节目之后，就有很多的出租车司机收听了我的故事。有一天我坐出租车去大卖场，出租车司机问我："你有没有听说一个美国男孩到中国来找亲生父母的故事？"我笑了笑，然后说："有啊！我也听说了这件事。"其实很明显可以看出来，我就是那个美国男孩，我问他："会不会觉得那个美国男孩太疯狂了？"他回答："这不是疯狂，这只是一个很困难的挑战。但是有很多人在帮他忙，所以他还是很可能会找到亲生父母。"我从没有向那位出租车司机正面承认我就是那个美国男孩，但是，我知道有许多的出租车司机、商店小贩，都在帮我寻找亲生父母，他们谈论着我的故事，带给我更多希望。

这次中国之行，通过马振杰，我还认识了一位很特殊的人士，他因为意外而失去双腿，但因此而学习新的技艺，而且声名大噪。他是一位书法家。我到他的艺廊去拜访他，他发现我特别欣赏他的一幅字，当场就说要送给我。不仅如此，他还说要为我在美国的爸妈也写一幅，感谢他们为我所做的一切。几天后，我重回艺廊，他拿出完成的作品给我，我只能用目瞪口呆来回应他。那幅书法美极了，每一个笔触都吸引了我。他给我的父母一幅五尺长两尺宽的卷轴，作品呈现的是一首诗。可惜的是，我还未能完全了解这首诗的意境。

我还得到一把传统的中国扇子，这是一把黄褐色的布扇，上面印着金色的叶片，一面用中文写着"一路顺风"，另一面则是英文翻译，非常漂亮。

马鞍山人对我的爱及关心让我深受感动，也让我变得更好。在旅程中，有好多家庭邀请我这位陌生人与他们共进晚餐，每个人给我拥抱及微笑，他们给我机会与他们建立友谊，成为他们家庭的一员。往后，每每想及这个我出生的城市，就让我微笑。

我会永远记得这些人，以及这段美好的回忆。这是很有趣的事，我去马鞍山，是为了要找到当年把我丢弃的父母，可是我却找回了许多只认识我十一天的家人。

在旅途的第四天，有一位记者问我，如果这趟中国之旅找不到亲生父母，我会不会难过。我对他说："不会。"因为在那时候，我已经在马鞍山市找到这群家人了。我对他说："家人，就是不论你的好坏，都对你不离不弃的人；家人是会推促你迈向成功，而不会让你沮丧的人；那些使尽全力支持你的人，才是值得寻找的家人；不论你成功或失败，他们都一样爱你，那才是家人。"

而这就是我在马鞍山市得到的感受。这里的人就具有这样的特质，让我深刻感受到"马鞍山之爱"。

13

谢谢你们，马鞍山人。我还会再回来吗？

在我离开之前，我必须要向马鞍山市道别。

我又再度回到莉莎的节目，手中握着面纸。我向这整个城市道谢，向每一位曾经帮助我的人道谢，数度哽咽，只因为在过去两个星期所发生的事，让我激动得不能自已。

我告诉听众，我第一天抵达马鞍山的时候，内心感觉非常寂寞，认为自己根本不属于这里。我那时觉得，有家人及朋友抚慰我们的地方，才是故乡。在那里，你可以随便走到隔壁去跟邻居借一杯糖。而我当时在马鞍山就像是个陌生人似的。直到莉莎出现，才让这整个情况改变了。我很感谢那些在我周遭陪我度过人生高潮及低谷的人。

对听众说到这里，我开始流汗并流泪。我的心头发痛，我的喉咙发干，我不得不在节目中停下来。

我停顿了一分钟，接着向听众说明我有多讨厌说再见。但是不论我愿不愿意，在人生中，有时候就是必须跟关心的人道别。我知道这是必然的事，却仍然学不会。通过广播，跟听众道别已经非常不容易了，我又要怎样跟每一位站在我面前的人道别呢？

这是我人生最难的课题。我们最怕会失去某些东西，或是失去某些对你生活有重大影响的人。而我，不是要只对一个人说再见，而是跟整个城市说再见。

道别的意义是什么呢？我一点也不知道，但道别是那么令人失落、伤心，所以我一点都不想要道别。

神奇的是，我怎么会这么快就对马鞍山人有这么强烈的眷恋呢？那感觉就像是我们已经认识很久很久了。说再见时，我尽量让自己看起来很坚强，我拥抱每个人，跟大家一起掉泪。如果你是我，你就会知道，我心里想着，这不应该是道别，也许我应该说“下次再见”，于是我开始用“下次再见”来跟大家道别。

结束了电台节目，走出录音室，我有掩不住的失望，因为我并没有找到亲生父母，我埋怨自己没有做好，事实就是我失败了。两个星期以来，我浪费了大家的时间，以及大家提供给我的资源。然而，就在离开电台后，看到有这么多人在叫着我的名字，为我献花，我握着每一只温暖的手，拥抱他们。我觉得，这还算是一次成功的旅程吧，因为我找到马鞍山市这个大家庭了。

在离开的前一晚，我辗转难眠，脑海中一直回想着过去发生的事。我无法想象我是多么幸运,能够拥有现在的家庭,有关心我、照顾我的家人，不论我是好是坏，他们都一本初衷地爱我。他们慷慨地给了我人生的第二次机会。我花了十六年，才真正体会到自己有多幸运，才说得出这样的领悟。

在过去两星期，我看到并参与许多很棒的事情，虽然不能与我过去十六年的经历相提并论，但我相信，所有这些人和事物，都只会帮助我变成更好的人。当我变成九十岁的老翁时，我仍然会记得这两个星期所遇到的人和事物。我的旅程能够那么圆满丰富，完全是因为有马鞍山人，以及我美国家人的支持、照顾及谅解。

我在二〇一一年的二月十一日离开马鞍山，仍然不知道我的亲生父母是谁。我感到难过吗？你觉得呢？一点也不会。在这次旅程中，我学会了给家人新的定义，怎么称呼并不重要。血缘关系并不能决定谁是父母，拥有相同的DNA也不能保证会有更多的母爱。来自世界两端的人，成为姐弟，仍然会跟一般的亲生手足一样互相打闹互相关爱。

值得我去寻找的家人，一直就在我的眼前，我不需要借助电台或摄影记者就能找到他们，我只要叫一辆出租车，坐到孤儿院，就能找到他们。我不只找到这些家人，我还找到更多新的家人，他们如影随形，随时用精神鼓励我，这就是慷慨的马鞍山人。

到现在，我仍然能感受到他们给我的鼓舞，而且这将会一直伴随着我走完人生的道路。带着马鞍山给我的爱，我搭上飞机，离开了这个城市，在机场没有眼泪、没有道别，这份情感会一直伴随着我，永不被遗忘。

我带着满腔的离情，离开了马鞍山市。谁知道，我还会不会再回来呢?

三

何处是我家

直到今天，我还是无法解释当时想寻亲的念头是怎么来的……

我很想知道，自己是不是因为少了一只手而被抛弃……

不过，我想我现在可以大声地庆幸自己能有第二个机会。

01

找到亲生父母了!

从大陆寻亲后返台，一个星期过去，寻亲终于有结果了。

二月十八日，我在下午三点离开学校宿舍，准备南下找朋友。我打算在二十日开学前轻松一下。我带着 iPod 坐上公车 6A 的位置，开始沉浸在令我陶醉的音乐里。我一边听着音乐欣赏台湾美丽的风景，一边打瞌睡。

大约五点的时候，口袋里的手机振动了一下，有一封电子邮件，标题是“好消息”。我很好奇地点开来看，那是一则中文信息，我边读，边试着翻译成我懂的意思。“告诉你一个好消息，你的亲生父母到报社来了，王记者确认了他们的身份。”这则信息我读了三次，生怕自己误解了其中的意思。但是，即使读了三次，我还是不敢肯定这种重大的事情，于是我转身询问坐在 7A 跟 7B 的夫妇，请那位年轻女士告诉我手机的来信写些什么。我很仔细地听她说，确定我没有遗漏任何细节。没有错，有位妇人带着她的两个儿女到报社去，声泪俱下地承认：“他是我儿子。”

我的反应让周围的人有点错愕，但是我不在乎。我很感激地跟坐在我后面的夫妇乘客说谢谢，然后拿回我的手机。刹那间，我突然有松了一口气的感觉，我开始哭。我没有尖声大叫，但哭声的确引起一些骚动。五分钟之后，我擦干眼泪，试着让心情平静下来，却仍忍不住激动，这真是笔墨都难以形容的一种感觉啊。

这是我从未经历过的心情，它不像是那种终于得到期盼已久的礼物，而比较像是“啊，终于结束了”的感觉。我哭泣，是因为终于达成寻亲的目标，我费了那么大的劲回到中国寻找亲生父母，现在终于即将画上句点了，而我很快也可以继续我正常的生活了。

我马上拨电话给美国的爸妈，因为时差，他们那里大约是凌晨两点钟左右，我沉浸在找到亲生父母的震撼中，根本管不了那么多。我一边擦眼泪，一边拨电话，电话终于接通了，我听到妈妈的声音，我告诉她，很抱歉半夜把她吵醒，接着说：“我找到他们了！他们出面承认是我的亲生家人，寻亲终于有结果了。”妈妈非常高兴，但是她没机会说什么，因为我抢着告诉她刚才十分钟内发生的事情，还有我奇怪的心情。电话接着交到爸爸的手里，我又重复说一样的话。

在挂上电话之前，他们都跟我说：“我们非常爱你。”这几个字，不论在当时，在明天，还是在未来一百年，都对我深具意义，因为那是我爸妈对我说的话，他们是我唯一的爸妈。

挂上电话，我靠着椅背，深吸了一口气。刚才的混乱，让我无法读完记者传来的短信内容，我找到信息，按下按钮，没有看到半个字，我往下拉窗口，一张照片出现在我眼前。那是我亲生哥哥的照片。

我不敢相信，几分钟前我还坐在公车上，听着美国乡村歌曲，而一封电子邮件窜入我的生活，告诉我，我的亲生父母找到了；而一分钟之后，跟我有血缘之亲的兄弟照片，就在我毫无防备之下呈现在眼前。这一切，让我无法招架。

看到照片，我马上就看出来我们长得很像。很明显，我继承了家族里比较好看的外表。我是开玩笑的，照片会还哥哥一个公道。其实我第一个注意到的就是他的下巴，我们有一模一样的尖下巴，我们的骨架也相同，鼻子、眉毛，还有整齐的牙齿，都很相似。老实说，我以前常会揣想，我会不会有一个兄弟或姐妹有三只手臂，但是，他只有两只手臂。

接着，我看到亲生妹妹的照片。她穿着一件粉红色的外套，坐在计算机旁边打电话。我想到的第一个念头就是：怎么我的姐妹都那么爱打电话？她的长相也跟我是同一个模子印出来的。照片里的她是坐着的，所以我看不出来她有多高。

下一张照片上，我看到生母，旁边站着一位男士，照片上的说明显示，那位男士是我舅舅，并不是我生父。生母穿着黄褐色的皮夹克及黑裤子，头发绑成马尾。我猜想她的年纪大约是四十五到五十岁左右。舅舅则穿着深蓝色的背心及深色衬衫。

这就是所有的照片了。我再次往上移动窗口，端详我哥哥的照片。我可能看了有二十分钟之久，我盯着他的脸，分析他脸上每一个毛孔。我紧紧抓住这一刻，不肯放手。我终于知道我亲生家人的长相了。一直以来，这都是我生命中最神秘的部分，他们长什么样子？是高是矮？是胖是瘦？直到此刻，神秘的面纱才终于在我眼前揭开。也就是这样，这整件事显得不真实，而事实就这样发生了，我不得不相信。

我终于不再盯着这张照片，我打开了第二封由记者毕柏寄给我的电子邮件。在这封信里，他告诉我家人的年纪等信息。如果，这真的是我的亲生家庭，那么，我除了父母之外，还有两位手足：我的哥哥二十二岁，妹妹十八岁。我现在二十岁，所以是老二。

不过，按照中国虚岁的算法，哥哥是二十四岁，我二十二岁，妹妹二十岁。

我不知道他们怎么看待我返乡寻亲的事。高兴吗？担心吗？无法承担吗？或是感到松一口气？当他们知道我费了那么大的时间及苦心才找到他们，他们的反应又是如何？当他们得知全马鞍山的人都在帮我找他们时，他们又是怎样的心情？想着这些问题，强烈的情绪冲击着我。

在这个特殊的时刻里，我多么希望美国的爸妈就在我身旁，抱着我，握着我的手。然而，即使他们不在我身边，我仍然可以感觉到他们与我同在。这不是什么灵异传奇，但是，我继承了他们教导我的价值观、是非观。他们让我放心，我知道，不论我发生了什么事，不论我是好是坏，他们都不会离弃我。当我觉得承受不起时，他们是我最温暖的依靠。

02

你是我的亲生母亲吗？我的生日是哪一天？

得知找到亲生父母的那天晚上，我无法成眠。

我整个晚上都坐在床上看着手机内的信息跟照片。一直到天际发白时，长时间盯着手机屏幕看的我才终于昏沉沉地睡着了。睡了四个小时醒来后，我再次检查手机，看还有没有新信息。

果然，毕柏又传来新的电子邮件，我穿上短裤，开始阅读。邮件上说："他们真的很想跟你说话""马上回我电话""你的生母希望你能喊她一声妈妈或是阿姨"。读完这则邮件，我感到有点反胃，我坐在床上大约有五分钟之久，思考着他们的要求。

我很确定，在那个时候，除了那位在美国俄勒冈州汉密尔顿市，身高五英尺五英寸的女士之外，我不可能叫任何人"妈妈""妈咪""母亲"或"阿母"。不仅如此，我连"阿姨"都很难叫出口。即使是被我称作"阿姨"的人，对我也都有特殊的意义。所以这两个称呼，我都觉得很不恰当。

回复电子邮件说出我的想法之后，我开始有点担心这位妇人会如何看待我固执的态度。就在这时，毕柏又传来新的短信："马上打电话给他们""他们真的很想听到你的声音"。这个时候，我觉得很烦恼，而且开始担心，我觉得自己被逼到没有空间可以呼吸了。

在我的下一封电子邮件里，我很清楚地告诉他们，我要等 DNA 检验结果确认之后，才会跟他们通电话。这家人很乐意配合我的要求做 DNA 检验，只是他们等不及想听到我的声音。

我想要婉转表达我强烈的坚持，于是，我打电话给毕柏告诉他，我一定要等到DNA结果确认后，才会跟那一家人联络。由于我的语气非常强硬，我发现我似乎是迁怒于他，我赶紧向他道歉，我不应该对他生气的，但是，我也希望他能了解我的感受。

“我心里已经相信他们就是我的亲生家人。”我很坦白地告诉毕柏，我期待跟他们在机场团聚，拥抱他们，但是现在，我必须要保护自己，保护我的家人，并且确保我的感情不会被误用。我请毕柏帮我转达心意，也请他们能耐心等待。如果他们能够耐下性子，我会很乐意回答他们的问题。

毕柏跟这家人并不知道，我挂上电话之后，马上就去旅行社申请办理进入中国的签证。如果等我拿到DNA检验结果时才申请签证，可能又要再多拖延两到三个星期，我才能抵达马鞍山跟他们会面。在我心里，我知道他们就是我的亲人，我愿意赌一赌，先申请签证，就算不是，也只不过是损失两百美元而已。如果他们真的是我的亲人，我也很想早点跟他们见面。

当天下午，我接到毕柏的另一封电子邮件，他告诉我，那家人愿意耐心等待，希望在下星期就能跟我团聚。也许是因为当时我的心情很好，也许是因为得知他们愿意耐心等待，我决定妥协。我告诉毕柏，我愿意打电话给他们，请他帮我们安排时间，我清楚表明，这只是一通很简短的电话，在电话里不会谈关键问题。不到五分钟，毕柏就回复我的电子邮件，他告诉我，通话时间是晚上八点半，并给我电话号码。

准备打这通电话前，还有些困难需要先克服。我很怀疑我用中文有没有办法跟他们沟通，马鞍山人的口音很难懂，尤其通过电话，更是加倍困难，而且我猜想，他们一定会讲得很快，那就更难了解了。所以，我找来一个朋友法兰丝·李，请她跟我一起打这通电话，在必要的时候，她可以当我的翻译。

晚上八点半，我拨了电话，心里想着，第一句话要说什么呢？电话被接通了，一个女生的声音传过来，跟我预期会听到的苍老嘶哑的声音不太一样，这是一个年轻女生的声音。原来毕柏给我的是妹妹的电话。我跟她介绍我自己，她很兴奋我们终于联络上了。在几分钟沉默而尴尬的停顿后，我跟她要了生母的电话，结束了这段通话。

然后，我拨了生母的电话，电话响了几声后被接通，我报上自己的中文名字及英文名字后，问："你是我的亲生母亲吗？"没有任何回答，我没有得到预期的答案，只有一阵沉默，夹杂不敢开口的声音。这当然不是我等待了二十年想听到的答案。这段破碎的对话，非常简短，电话很快就被交给舅舅，我不知道她是不是因为听不懂我说的中文，所以才把电话交出去。再次介绍自己之后，我只问了我想到的唯一一个问题："亲生父母的职业是什么？"

生母在农场工作，有可能是拥有一座农场，我不是完全了解，只能大概猜测。父亲的工作是清洁鞋子，但我不知道他是不是有一间自己的公司，也不知道他实际的工作内容是什么，只知道他在杭州市工作。

问完这个问题以后，为了不让对话太快结束，我不得已只好问："我的生日是哪一天？"他们似乎没有想到我会问这个，他们花了很长的时间讨论，生母承认，因为自己不识字，所以记忆力不好。我觉得，我好像听到三种可能性，她不记得所记的日期是公历或农历，我很失望，也很难过，最后，花了几分钟，她终于想起我的生日了，我是在一九九〇年十二月二十日出生的，由产婆到家里来为我接生，所以才会没有任何出生记录。

在我得知自己的生日后，再和我被丢弃的时间相对照，我知道自己实际上在这个家庭受他们照顾的时间有四个月。于是我很自然地问，在那四个月里，我的名字是什么。远远出乎我意料，在我毫无防备之下，我听到一个残酷的答案——他们没有给我一个名字！原来，在他们眼中，我不仅不配拥有父母，甚至也不配拥有一个名字！

我没有在电话中表现出我的生气，但我其实是怒火中烧，怎么可能有人拥有一个小婴儿四个月，却连一个名字也不给他呢？我真的气死了。帮我取个名字，有这么不方便吗？那时候，我真的很想摔电话。

带着不开心的情绪，我挂上电话。在电话上，我们约好了，下星期一生父会去做 DNA 检验，然后直接把结果寄到台湾。我也会在同一天去做 DNA 检验。现在剩下的就只有等待了，再过八天，所有的结果就会水落石出。

03

DNA检验的结果出炉

二〇一一年三月一日的傍晚，我坐在医生戴维·张的诊所里，等他宣布DNA的检验报告结果。

我全身颤抖流汗，紧张得快疯了。我想："如果检查结果是否定的呢？我还要继续再找下去吗？如果这家人站出来只是想占我便宜呢？"我不由自主地感到害怕，同时却又抱着很高的期待。当护士叫到我的名字时，我擦掉额头的汗水，跟着她走进诊间。

我坐在桌旁，等着张医生出现，如果不是他很快出现，我那天下午可能已经因为压力太大变成秃头了。张医生坐在我的对面，手中握着淡黄褐色的信封。在打开信封之前，张医生问我："你有什么感觉？"我说，我不知道，我已经从头到脚都失去知觉了。他轻轻笑了一声，把信封递给我。

我接过信封，撕开封带，把文件拿出来。在这短短的过程中，我的心跳愈来愈快，我告诉自己，结果已经出炉了，我再紧张，也不能改变肯定或否定的答案。现在当我回想这件事，我觉得结果也不过就是如此，如果答案是肯定，我就找到中国的亲人了；如果是否定，一切也不过就是回到原点，我何必那么紧张呢。

我用左半臂压着信封的底端，用右手从信封里抽出黄色的纸张，我强迫自己的手不要抖得太厉害。我盯着纸看，想知道上面写的是什么。接着我看到一串红色的大写英文字母，写着"肯定符合"。我松了一口气，这真是难以形容的时刻。我想，我由衷期盼医生告诉我检验结果是肯定的，这真的是绝无仅有的时刻。

DNA 检验其实只是个形式。当我第一天看到哥哥跟妹妹的照片时，我就知道我们是血亲了。我在照片上比对着哥哥跟我的特征，看看他的头发，然后摸摸自己的头发；我看着他的眼睛跟下巴，也不由自主地摸着自己的下巴，真是不可思议。我们三兄妹都有一样的尖下巴，只是因为我没有看到他们有三只手臂，所以我才觉得还是需要确认一下 DNA。

三月一日晚上，我打电话给亲生父母，告诉他们这个好消息。我相信他们早已知道结果，但是做 DNA 检验仍是正确的事。在听到好消息后，亲生父母问我，那接下来呢。我说，我已经拿到签证，只要买了机票，再加上两个小时的航程，就能飞到中国大陆跟他们见面了。

我在美国的爸妈已经同意帮我支付机票钱，也教我如何使用信用卡购买机票。这种时候，我当然会乖乖听从爸妈的话。当天晚上，我就订好了机票。

坦白说，这件事要跟爸妈启齿，还真有点难，所以，我只有简单地告诉他们："好，我决定要去见我的亲生父母。"讲这样的话，我自己觉得很怪，他们听起来应该也很怪吧。我爸妈、家人及朋友最担心的，其实是我心里的感觉，他们想知道的，是我有没有做好心理准备，我的心情是兴奋是紧张，还是激动得说不出话来。他们只想知道我心里真正的感觉是什么。

我跟他们说，这种紧张，跟我第一次接吻时的紧张截然不同；这种害怕，跟我看恐怖电影时的害怕也不一样。我只能祈祷上天给我力量，让我有勇气去面对即将发生的事。

虽然我说这不是害怕，但是，我的确有些担心，我担心亲生家人会怎样看待我固执己见，坚持不叫他们爸爸或妈妈。我也担心他们要的不只是友谊而已，还会有更多要求。我不免好奇，他们会不会跟我道歉，或者，他们看到我现在的样子会感到如释重负。我也担心，他们跟我相认也许还有其他动机，我却浑然不觉。带着这么多的担心，其实很难轻松得起来。然而，我更害怕的是，如果不把握这次相认的机会，我可能永远都无法让这件事情画上句点。

我不想带着被他们丢弃的情绪去见面。我只是一个学生，我并不富有，唯一能给他们的，只有友谊和原谅。原谅，没错。在离台前，我思索这件事，我不仅想到未来，想到见面时的画面，我也回想过去十六年经历的事。无论他们当时是因为我的手臂残缺，还是经济因素，而把我丢弃在厕所旁边，我只希望，我的出现能够让他们获得解脱。

我希望他们知道，我原谅他们所做的事。我原谅他们没有帮我取名字，我原谅他们没有试试看，最重要的，我原谅他们不给我一个机会，跟他们成为一家人。

我几乎不敢揣想，见到亲生兄妹的心情会是如何。他们很想见我吗？我甚至不了解，他们知不知道有我的存在。在三十六小时之后，他们就可以见到失散多年的手足，会有什么感受？我猜想，亲生父母应该会有很重的罪恶感吧。而我希望，兄妹会跟我一样兴奋。

我真的希望，当我三月七日从马鞍山离开时，对亲生家庭只剩下宽恕及体谅，也希望亲生父母能够卸下心头的重担，开始原谅自己。我相信，当他们知道每天跟我一起相处的家人及朋友有多好时，就会知道我在美国过得很幸福。

从一月三十日展开寻亲之旅以来，我一直以为这段旅程只是为了我自己，因为我渴望知道自己的身世之谜。但是经历了这段时间发生的事，我不得不去设想，亲生家庭要如何面对这个处境。从电子邮件里得知，亲生家人很期待看到我，但这也让我开始去想：“等我回美国以后，又会变得如何？他们还会再寄电子邮件给我吗？他们还会唧唧喳喳地跟我聊新闻吗？”

在我将要踏出人生的下一步时，这些念头萦绕着我的心。我从没想到会有机会踏出这一步，但是随着时间逼近，我的步伐却轻盈不起来。当然，就像在公园里，路上难免会有一些小水坑，我可以选择跳过去，或者绕路而行。不管做了什么选择，我已经准备好要勇往直前。让我们上路吧。

04

相隔多年的团聚……

在过去二十年，我曾经飞越全世界，但是，这次的航程却全然不同。

当机长广播，要旅客系好安全带准备降落时，我完全被击垮了。再过三十分钟，我就要抵达南京机场了，这意味着，三十分钟之后，我就要和亲生父母见面了。一千八百秒后要发生的事情，将会改变我的人生。我系紧安全带，闭上双眼。我不是害怕降落，我只是在祷告。我不想让这听起来像是传教，但是，我真的在向上帝祷告，请求他让我这次能全身而退。

寻常的飞机降落，这次对我而言，却很不寻常。飞机已经顺利在停机坪上停妥位置，乘客纷纷起身拿行李，只等待强壮的空服人员把机舱门打开，大家就会争先恐后地下飞机。

我背着九公斤重的背包，里面装着三双袜子、四条内裤、四件衬衫、两条长裤、一双鞋、盥洗用具及照片。我手上拿着签证，顺利地通过海关了。现在只要再走过一道门，就会看到有人在那里等着我出现。

我办不到，我的呼吸急促，穿着开前襟毛衣的我，汗流浃背。我跟亲生父母之间，只隔着一条出关线了。我把背包放在扫描机的输送带上，这屏幕阻隔着我的视线，让我看不见另一端。但是，我已经听到他们在叫着“我看到马武宝了”“我看到马武宝了”。

我还没有准备好。

我跑进洗手间，对着镜子，默默地告诉自己要鼓起勇气。我把水泼在脸上，又在身上涂了止汗剂。厕所有个男士用怪异的眼光盯着我，他一定很困惑，不知道我到底在做什么。经过几分钟的心理准备后，我重新背上背包，走出洗手间。

十步，九步，我听到人声愈来愈大；

八步，七步，六步，我的心口发痛；

五步，四步，三步，我已经看到人群了；

两步，最后一步，我看到熟悉的脸庞，有人向我这边跑过来。

我第一个认出来的人，就是穿着黄外套的莉莎，我拨开人群，展开手臂，向她跑过去，很高兴地大喊着："莉莎！"她也向我靠过来，接受我的拥抱。

一位个头很小的女士，挤过摄影记者，挤进我跟莉莎之间。这时，我认出她是谁。凭着我从照片上得到的印象，我知道她就是我的生母。生母拥抱我，抓着我的手臂，我唯一能做的就是用双臂圈住她，回她以拥抱。她一边抱着我，一边哭泣，我从口袋里掏出面纸，帮她擦眼泪。我告诉她"不要哭，不要哭""没事了"，结果她哭得更厉害。

她抱着我的腰拼命哭，周围有三十到四十位记者围绕着我们。他们不停地拍照，抢着问我感觉如何，重回马鞍山高不高兴。老实说，当时我不停地在回答问题，但是我其实不知道自己在讲些什么。我猜想，我没有运用理智在说话，只是用我的心在说话。

在安慰生母几分钟之后，我看到一位五英尺六英寸高，年纪四十余岁的先生，他在记者堆中对我挥手。我看得出来，这个人就是我的生父。我不知道该说些什么，"好久不见"四个字，从我嘴里脱口而出。他笑着往前走，给我一个拥抱。我们都很高兴。

看到一位大男人在流眼泪，我可以猜想生父当时的心情。

松开拥抱，生父卷起我的袖子，盯着我半截手臂的尾端，仔细地检视。他在分析这半截手臂的大小及生长情形。我不知道要如何应付这情况，只能任由它发生。

几分钟之后，我感觉到有人拍着我的左肩，那是我哥哥，他穿着跟照片里一样的黑色外套。他的眼睛已经哭红了，他说的第一句话就是："弟弟。"这真是珍贵的一刻啊！其余的言语，都被拥抱取代了。我抱着他，拍着他的头，我很尊敬地叫他一声"哥哥"。松开拥抱，我退后一步，从头到脚地仔细端详他，看到亲生哥哥站在我面前，让我感觉像在童话故事里一样不真实。

看到哥哥，提醒了我，我还没跟另一位家人相认。我对着四周喊着"妹妹"，记者们马上就让出一条路，让我可以走向她。她穿着那件粉红色的外套、牛仔裤以及二十世纪七十年代复古款式的运动鞋，站在那里。我走向她，她给了我一个最真诚的拥抱。这就是她最特别的地方，在人群中，只有妹妹一个人带着活泼的笑容，愉快又乐观。看到她，我精神为之一振。她兴奋的语调，让人以为她刚得到了梦寐以求的小马，而我就是那匹她一心想要的小马。

我们在机场大厅造成很大的骚动，过往的人很好奇发生了什么事。我领着大家走出机场。生母仍然贴着我，紧抓着我的手臂。如果我不把她拉开，我的手臂现在可能会有两倍那么长。

我走出航站大厅，人群也跟着移到航厦之外。我看到那些上次来马鞍山时认识的朋友，我看到张云霞女士、那位出租车司机、孤儿院院长等一大堆朋友。看到熟面孔，我非常兴奋。我看得出来，那些记者并非只是为了要报道新闻，他们是真心地在帮我庆祝这个特殊的日子。

车子开过来，我准备要上车时，开始觉得又担心又不舒服。我原本跟莉莎说好的计划，是我们先到宾馆安顿下来，然后好好跟亲生家人谈话。我只是想要问亲生家人几个问题，再做下一步打算，但是亲生家人似乎有其他打算，他们想要带我回家，前往那地方的车程大约需要一个小时。

在摄影机跟记者的围绕下，我们所说的每一句话都被录下来。情况已经在我的掌控之外了，再加上生母死抓着我的手臂，让我没有丝毫的空间。这就是我最害怕的情况了。

我向右边大叫莉莎的名字，我的声音被人群给掩盖住了。那一刻，我惊恐地发现，我已经无力招架眼前的局面了。从一开始，我就告诉自己，不论发生了什么事，我都要掌控好情况，否则在不舒服的情况下，我也不可能真的参与其中。此时，我要做的就是掌控情况，这样一切就会变得顺利了。

可惜的是，我好像在被亲生家人牵着走，无力挽回颓势。我沮丧到极点，耐心尽失，我很大声地叫了一声："停下！"我抽身离开生母，开始绕着车子，跟生母保持距离。同时，我也对着人群继续喊莉莎。我终于看到她穿着黄外套的身影，我对着她喊："帮帮我。"我看见她试着要对其他人解释这一状况，可是没有人听她说，我才发现别人根本听不见她说的，或是刻意要忽略她。亲生家人一心想把我推上厢型车，我回头对莉莎大叫，只看见她用唇语说："对不起，我试过了。"

我再深吸一口气，再大喊一次："停下！"在那一瞬间，人群终于安静下来，家人不再把我推进厢型车里，而我可以听见莉莎的声音了，我觉得掌控权又回到我手上了。

莉莎跟大家解释，我要跟家人先在宾馆谈过话之后，才会跟家人回到他们住的当涂县。可是家人似乎不想听到这个答案，他们只是要莉莎闭嘴。我几乎已经被推进厢型车里了，我探出头，觉得很难过很沮丧。我真是受够了，我真想要搭上飞机，离开这里，假装一切都没有发生过。

于是，我转过身，很正经地面对面跟家人说，我很不高兴，除了去宾馆，我哪里也不去。我用中文跟他们说得很清楚。此时，生父把生母拉开，我示意要哥哥跟我一起搭出租车到宾馆。曾经跟我共进午餐的几位出租车司机，分别载着记者们一同前往马鞍山市。这时，我觉得一切又回到轨道上，终于，我们大家朝着共同的方向前进了。

05

我想要知道真相……

我们驱车前往宾馆，莉莎坐在前座，她同事坐在我左边，哥哥坐在我的右边。

车子上了高速公路后，哥哥转身问我第一个问题："弟弟，你会饿吗？"在这一堆混乱之后，我一点胃口也没有，我跟他说："不会，谢谢。"他点点头，又问我会不会冷，我又回答他相同的答案："不会，谢谢。"在车上的前十分钟里，他就不断问我这类问题，确认我一切都好。为了要改变话题，在接下来的四十分钟里，我开始问他别的问题，希望能够让彼此得到比较好的观感。

我们聊学校、工作、音乐，还有女孩子。我毫不思索就以为哥哥还在学校念书。我问他是不是在念大学，他说没有。我问他，什么时候高中毕业的，他说，没有。我必须承认，我有点震惊他没有完成高中学业，这让我不知道怎样接下去。

我想解释一下，对于哥哥跟妹妹没有完成高中学业，我不是生气，也不是失望，我只是震惊。我的亲生兄妹都没有完成学业，那么如果我没有被领养，是不是我也不会完成我的学业呢？这种想法，让我无言以对。

还好，哥哥接下来问我喜欢听什么音乐，打破了沉默。我不知道该怎样回答，开始道出我喜欢的美国乡村歌手的名字。当我如数家珍地谈着时，我看到哥哥脸上疑惑的表情，他不知道我讲的是谁，于是我开始哼起这些歌，希望他能知道这是什么音乐类型。结果，全车的人都笑了，我把大家的情绪都带起来了，提供一段免费的娱乐节目。

在笑声减缓之后，我问哥哥，他什么时候得知我的出生。我不知道自己在期待什么，但是，我以为他会说，一个星期以前才知道我的存在。我之所以会问这个问题，是希望知道他能否了解这次团聚对我的意义。他说，他很小就知道我的存在了。似乎，这次的团聚不只是对我意义非凡，对我哥哥也一样深具意义。

我接下来问他，结婚了没，他说，他已经订婚了，他未婚妻也到机场来接机，只是我没有看到她而已。他们计划在今年九月结婚。然后，我很自然地就问，那趁我在这里，要不要帮我介绍女朋友。可惜答案是，她的朋友都结婚了，或是已经有男朋友，不然就是根本不想交男朋友。

这段车程，让我感受到哥哥的真诚。他没有在媒体面前装作对我很好，但是他的一些小动作，却让我联想起我在美国的姐姐。哥哥帮我背背包，帮我绑安全带，关心我的温饱。我这样说也许有点奇怪，但是跟他在车子里才三十分钟，我就知道他是真心的。我相信，在那个时候，如果有子弹射过来，他也会愿意帮我挡子弹。坐在他身边，我能够感受到他的爱、他的理解，以及他的温暖，就像是家人一样的感觉。无庸置疑，他真心地扮演了哥哥的角色。

在车子进入马鞍山市之前，哥哥开始哭泣，我看得出来，那是喜极而泣，因为对他而言，这是梦想成真的一刻。而对我而言，也同样是梦想成真。我把手搭在他的肩上，拍着他的头。此时此刻，言语已是多余，真是无声胜有声的一刻！

跟在我们车后的出租车车队，也随着我们把车子停在宾馆大门口。哥哥第一个下车，我尾随跟上。一群记者很快就挤满大厅。莉莎陪我先到柜台登记，我很幸运得到一个免费招待的房间。我手中握着房间钥匙，一大群人就这样跟着我，一路来到我的房间。当我一到房间，第一件事就是把我准备好的礼物交给家人，那是各种口味的巧克力棒。

这个时候，我看到有记者站在我的床上，要不是因为忙着听家人讲话，我真的很想把他们赶下来。五分钟之后，我去洗手间，听到有记者在说要把房间整理一下，我心里在想，那些站在我床上的记者确实应该要整理一下我的床。幸好我什么都没说，因为后来房间真的变整齐了。

莉莎陪生母到洗手间去，她们把一条毛巾弄湿，准备要来帮我洗脸。我很困惑地站在那里，被一堆照相机及摄影机所包围，生母在帮我擦脸，她轻轻地擦着我的皮肤，从耳朵到下巴。从她的眼睛里，我可以看出这个仪式对她及所有家人的意义。后来，我才了解为什么会进行这个仪式。当有家人远行归来，妈妈会为他擦脸，这意味着洗净旅途的尘埃，庆祝他平安归来。

生母轻轻地擦着我的脸，然后擦我的手，接着再擦我只有半只的左臂尾端。我实在搞不懂，为什么亲生父母总对我的左臂尾端感到入迷，当生母擦着那里时，她好像在玩耍似的拨弄着它，可是我同时也听到她的饮泣声，看到她的眼泪，可以了解当时她的情绪非常激动。我拿起她帮我擦拭的这块布，擦去她的眼泪。这可能不很恰当，却是当时我唯一能做的事。当生母转悲为喜，我告诉她，怎样可以把我的短臂尾端摆弄成一个笑脸，而且做给她看。我告诉她，只要在我难过或孤单的时候，这个笑脸伙伴都永远陪在我身边。

在洗尘的仪式结束之后，我们必须让其他人离开房间，只留下家人跟我，好好谈一谈。这是我期待已久的时刻，我想要知道关于被抛弃这件事的真相，我想知道，他们是否曾经试着要留下我，或者，他们到底有没有关心过我。这才是我生命中一直想要知道的答案 ，也才能真正为整件事情做个了结。现在，这个时刻终于到来了。

06

我们并不想抛弃你

在记者离开之后，房间里只剩下生母、生父、哥哥、妹妹、莉莎及维特。

维特是莉莎的好朋友，他愿意花时间留下来，担任我和亲生父母之间的翻译。虽然我的中文能力足以交谈，但是，我并不想因为自我感觉良好，而错失充分了解真相的机会。

房间里的窗边有两张椅子，一张桌子。我和维特坐在椅子上，而妈妈及妹妹就坐在床上，面对着我，爸爸坐在靠左边一些，面对着维特，但也可以清楚看见我。我猜想，哥哥应该是太紧张了，所以坐不住，他就站在妈妈旁边，握着妈妈的手。莉莎坐在房间的另一端，试着给我们多留一点空间，但是一旦我需要她帮忙时，她还是随时可以过来帮我。

要如何开始这么一段谈话呢？要不是维特很忙的话，我可能会拖拖拉拉地开不了口。首先，我告诉他们，我很高兴他们愿意出面承认是我的亲生父母。我对他们说："你们可以选择不出面，但是你们还是愿意这么做，所以我很感谢你们。"我继续说明，这段谈话对我的家人跟我都意义非凡，我很感谢他们给我这个机会，让我能亲自见到他们，问他们这些事。我不断想表现我的谢意，但是，直到现在，我仍然觉得我说出来的感谢词句，不足以表达我内心真正的感受。

在发问之前，我注视着亲生父母说："你们告诉我的答案，将不会影响我们之间的关系，我只想知道真相，如果你们能告诉我真相，只会使我们未来的关系更为稳固。”生父点点头回应我，生母则在一旁掉泪。

我问的第一个问题是：“在一九九一年三月十八日，你们为什么要把我留在体育馆？”

这是我寻亲之行最重要的一个问题，我需要知道答案，我想要知道他们是不是因为我手臂残缺而遗弃我。我已经做好心理准备，要接受肯定的答案，但心里却期待事实并非如此。这似乎是一个最简单的问题。我一直以来都认为，他们是因为我的手臂而不要我。

想到有父母会因为孩子天生残障，而丢弃孩子，就让我痛彻心扉。随着年纪渐长，我只感到很难想象，怎么会有人这么厌恶肢体残障，或是对残障的人这么没有信心。如果你是我，你就会用不同的眼光来看待此事：少了一只手臂，比起少了一条腿或没有腿，要来得幸运多了。我不懂，为什么他们不能这样想。

我看得出来，亲生父母已经知道我会问这个问题，而有所准备。生父清了清喉咙，看着我，开始要告诉我这个故事。听他说话，仿佛像是在聆听他朗读一首诗，他缓缓地解释了他的理由。

生父说，当时他们很穷，他赚的钱非常微薄，而生母并没有工作。在这样的情况下很难再多养一个孩子，而他们知道，要孩子生活在这种贫苦的情况下，对孩子非常不公平。

生父当时工作十小时只能赚到三美元，这可能比我们在沙发缝里或汽车座椅底下所发现的钱还要少。在这么困难的情况下，要养活三个人已经很不容易，更何况还要再多养一个娃娃。现在这一代，对于不理想的工作，顶多就是辞职不干，改行做别的工作，但是，对当时那个家庭而言，面对这种情况只能逆来顺受。

生父说："我们并不想抛弃你。"我在一九九〇年十二月二十日出生，在接下来的三个星期内，他们试图要给我温饱，但是，他们却很难敌得过现实的磨难。情况变得愈来愈糟，食物愈来愈少，他们必须要做抉择，一是爱孩子，却让他在饥寒交迫中挣扎，二是遗弃他，希望别人给他更好的照顾。在一九九一年一月十六日，他们做出重大的决定。

生父对我解释，这是他一生中最困难的决定，他必须排除心里所有的情感，去做这件"必须"做的事。说到这里，生父哭了出来，生母一边擦鼻涕，一边接着为我解释。她说，这段三十分钟的路程，是她走过最长的一段路。抱着沉重的心情跟希望，在严冬里，他们最后把我留在厕所旁的道路上。

就在放下我十分钟之后，生母就后悔了，她无法想象把我留给陌生人的情况。于是生父弯下腰，抱起我，让我贴在他的胸膛，就这样一路抱着我走回家。生父说这段话的时候，还弯起手臂，比给我看他当时的姿势。

生父说，当时他们已经被感情冲昏头了，忘记了现实的残酷，忘记了他们养不起两个小孩，他们只希望我还能躺在他们的脚边，继续过日子。

听到这里，我露出微笑，问生父："然后呢？"生父接着说，又过了两个月，他们仍然为了买不起蛋白质而挣扎。一九九一年三月十八日，他们领悟到，就算他们爱我，但是也不能夜夜忍受空肚皮睡觉。天亮后，生父及生母又再次踏上两个月前曾经走过的道路。

当时马鞍山有一个工厂，提供比较好的待遇及工作，当他们经过体育馆，发现旁边就是那间新的钢铁工厂，于是他们决定把我留在工厂前面的厕所旁，希望让生活条件比较好的人，把我抱回去养大。生父生母跟我道别，他们把我包在一条毛毯里保暖，然后放进篮子，生父还留了一盒饼干在我的大腿上，上面写着我的出生年月日。

生父生母把篮子放在厕所旁的道路上，然后自己找个地方躲起来，等着有人把孩子捡走。他们等了好久，经过的人都只是远远地看一眼那个篮子，没有人走过去一探究竟。好几个小时过去了，终于有一个家庭走过来，看到篮子里的婴儿。这家人看起来似乎是很不错的家庭，他们把婴儿连篮子一起带走，生父生母这才牵着当时两岁的哥哥走回家去。

听到生父亲口说出这段经历，仿佛是昨天才发生的事，他哽咽的声音，在喉咙里卡住的字句，听在我耳朵里，就像是最美的诗篇。虽然，谈的是丢弃我的经过，但也是最真心的答案。我可以看出来，身为父亲，他因为无法负担家庭的生计而感到羞愧。当他谈到不得不丢下我时，从眼眶滚下来的泪珠，让我看到他真实的感情。直到这一刻，我才感受到这一家人有多么特别。

接着我提出第二个问题："你们知道我在马鞍山市福利院吗？"身为弃儿，我很好奇，我的亲生父母会不会想知道我在哪里，他们会不会想要把我领回家。生父的答案是："知道。"

当他说"知道"的时候，并不是一种很开心的语气，而是充满失望及难堪的口吻。我找不到更好的言辞来形容我从生父那里感受到的低落情绪，生父低着头，继续诉说这段故事。

一年后，生父在一间工厂找到了比较好的工作，也许是命运巧妙的安排，那间工厂刚好就位于他们遗弃我的地方，也就是当年他们看到的那间新工厂。生父在那里工作，不仅工时长，工作辛苦，而且每当他经过丢弃自己孩子的地点时，还要承受良心痛苦的煎熬。

他们的家境，在遗弃我之后逐渐好转。

某一天下班后，生父到附近的亲戚家拜访，吃过饭后，生父在回家的路上经过了马鞍山市福利院。他穿过长长的院子，内心抱有一丝希望，想要看见一张熟悉的脸孔。果然，他在院子角落看见自己的亲骨肉，这个三年不见的儿子长高了，变好看了，也已经学会走路了。

生父说到这里，又流下了眼泪，生母开始低声饮泣。哥哥的脸因为哭泣而泛红，妹妹的脸颊上也挂着泪滴。

生父拭去眼泪，继续说着，他走向独自玩耍的儿子，跟儿子介绍他自己，然后就一起玩起来了，他并没有告诉小男孩他就是爸爸。生父一边跟孩子玩，一边觉得很难过，因为并没有人领养我。

在接下来的一年，生父仍然常到孤儿院来陪我玩。直到一九九四年九月二十二日，我被美国爸妈领养，带去美国定居为止。在我被领养后，有一天生父又到孤儿院来探望我，四处看不到我，他问一位保姆，才知道我已经被领养，带到美国去了。

我问的第三个问题是：“为什么在二〇一一年二月十八日，他们会出面承认是我的亲生父母？”我会问这个问题，其实是基于我的担心。我爸妈从我决定寻亲开始，就非常小心地保护我及我们的家庭。所以我想要知道，我的亲生父母是基于什么原因愿意出面。他们想要得到钱吗？他们认为我会搬回去跟他们一起住吗？其实，他们并不需要出面承认，因为媒体势必会报道这件事情，他们出面后，反而要面对接踵而来的批评及责难。

生母一边哽咽一边回答我的疑问：“你是我们的儿子，你有权利知道谁是你刚出生四个月时的父母，也有权利知道我们当年为什么这么做。”毋庸置疑，我很高兴听到这个答案，那真诚的语调感动了我。我内心对这个亚洲家庭的爱，开始滋长。我愿意跟他们一起走完这段寻亲之旅，用友情来弥补过去十六年错过的亲情。

07

欢迎回家

我心里长久以来的疑问，终于获得解答。现在轮到我来实践对亲生家人的承诺了，我答应亲生父母跟他们一起回家。

坐上厢型车，我刚系好安全带，生母看了我一眼，要我换上暖和的衣服。我告诉她这样穿刚刚好，可是她仍然坚持要我回宾馆房间换衣服。不仅生母这样要求我，哥哥也跟她一起架着我回房间，要我多穿一点。生母从一个白色的帆布袋里拉出黑色的长内衣裤，还有一件厚重的羊毛毛衣，以及一双冬天的袜子。他们把衣物交到我手上，然后盯着我看，我只好抱着这一堆衣服走到浴室去换。走出浴室的时候，我身上已经多了三公斤的重量，而且浑身发热。

回到车上，我坐在生母及哥哥的中间。老实说，这段路程有点尴尬。虽然有哥哥坐在旁边，但是我不知道要跟妈妈说什么才好，我们不能聊运动，不能聊女朋友，也不能聊学校，所以在车上我只能说“哈啰！”“你好吗？”这一类的问候语，想不出其他的话题了。可能也因为要说中文，我觉得很紧张，所以干脆就装睡，免除沉默的尴尬。

经过一段路程，哥哥拍拍我的肩膀，告诉我快到了，然后问我想不想跑步回家，我笑着说：“什么！我没有带球鞋，而且干嘛要跑呢？”“我们不会跑很远啦，只是从大路跑回家而已，就像是小孩子那样。”我终于懂他所说的意思了，我在车上开始伸展四肢，算是做好暖身准备。

厢型车在路边停下来，让我们下车。我不知道这是哪里，看起来像是乡村，路旁的树光秃秃的没有叶子，在路的两边有许多房子，四周非常宁静。这里距离我刚才看到的麦当劳或肯德基，大约有四十公里远。

在厢型车的周围，围着大约二十个人，他们都是来欢迎我回家的。我一下车就伸开手臂，说："哇，我们到了！"我的手臂还来不及放下来，已经有亲戚朋友蜂拥而上，抓着我的手，抢着跟我握手，嘴里念着"欢迎回家"或是"哈啰""嗨"，我就站在路边，花了有五分钟之久，一一跟这些亲戚朋友打招呼。如果你现在问我，他们是谁，叫什么名字，我一个也回答不出来。

终于握完所有人的手之后，哥哥问我，准备好要跑了吗。不等我回答，他已经站到起跑线上，等我跟上去。我们跑的路是连接着大马路的一条小路，在这段长约两百米的路上，亲友已经站在路两旁，等着为我们加油了。

看我做出起跑的动作，哥哥马上展开冲刺，而我只是大笑着站在原处。大约笑了四秒之后，我才起步追他，我一路跑，路两边的鞭炮声不绝于耳。这实在是很令人兴奋的经验。

哥哥跑得很快，要不是我把他推倒，他一定会跑赢我。当我们跑到路的尽头，我们有两种选择，往左边的路会通到他们家，右边的路不知会通到哪里。所以我们选了左边的路往家的方向前进。我抬头一看，在这另一段两百米的路上，有一大群人站在那儿对着我们欢呼大叫，欢迎我的归来。

看到这一幕，我的下巴都快掉下来了，有大约一百人，在路的尽头燃放鞭炮，花火及鞭炮彩纸四散，庆祝我的返家。当哥哥、妹妹跟我更接近家门时，人群向我们三个人冲过来，一大堆手向我伸来，要跟我握手，我就站在人群的中央，听着他们大喊："欢迎回家！"围在四周的人都带着惊讶的眼神看着我，他们很讶异我跟哥哥长得那么相像。因为太多人抓着我，每个人都想跟我握手，我刹那间说不出话来，只能说"哈啰"或"谢谢"，因为我还来不及开口讲其他的话，另一个人已经挤到我面前来跟我说话了。

我特别记得，那天有一位女士，手臂跟妈妈差不多粗，但是手劲却跟爸爸一样大。她排开人群，挤到我面前，紧抓住我的手，兴奋得不得了。她的激动让我的手臂失去血液循环，一小时以后才恢复知觉。这个欢迎仪式，让我恍如成为超级巨星。最后是哥哥从人群中伸出手，把我拉了出来。

哥哥说，他要带我去看我出生的那间房子。

这是一间屋龄有四十年之久的房子，就是人们口中的"破烂小屋"。在我距离这个房子还有三步远的时候，我的心里已经在惊叹："哇，不敢相信，他们在这里住了那么久。"这栋房子好像废墟，虽然没有臭味，但是看起来就像是快要垮掉的房子，里面塞着杂乱的物品。房子里分三个部分，右边是哥哥和妹妹共享的空间，中间是厨房兼餐厅及客厅，左边是亲生父母的房间。我很难形容这房子到底有多小。在二〇〇九年之前，他们一家人就住在这里。

当我踏进我出生的那间房间，人群也跟着我一起涌进去。令人难以置信的是，在离开十九年之后，我终于回到自己的出生地。虽然我告诉自己，这不是做梦，但还是很难相信自己会重回十九年前的房间，站在那里。这就像是电影情节里才会发生的事，这仿佛不是我，不是我的人生。

墙上一道长长的裂痕，贯穿整个房子。这面墙为家人阻挡了寒风，也见证了他们的坚韧。莉莎站在我身旁，我看着她，给她一个微笑。当人群安静下来，记者问我，重回出生的房子有什么感觉。这真是令人难以置信的感觉，我竟然会有机会跟亲生家人重聚，还回到出生的地点。想到十九年前，我就躺在这水泥地板上，这念头几乎让我惊讶地倒抽一口气。我很高兴自己能够重回故地，看看我曾经住了四个月的地方。

重回当涂县让我知道，自己在美国的生活有多幸运。看到那间我可能会在那里长大的房子，再跟我在美国的生活相比，我顿时看清事实。我对于美国爸妈所给予我的生活，产生更大的敬意。那个我原本应该睡上二十年的水泥地板，对照着我在美国加大的床铺；这房子的厕所，建在房子外面，对照着我在美国的房间，有属于自己的卫浴设备。我很惭愧，我一直都把美国父母所给予我的一切，视为理所当然，直到我看到亲生家庭的房子，才领悟到自己有多幸福。我真的从未设想过，我会在这样的房子里长大。

当然，家的定义，不在于有沙发、电视、厕所、卧房等，家是有亲人所在的地方。而这里就是他们二十二年以来温暖的避风港。

08

和亲生家人重回电台

这段寻亲旅程，看似只跟我及我的家人有关，实则不然。

它不但深深地影响了我的人生、我爸妈的人生，以及我亲生父母的人生，被它感动的人也不在少数。如果我把这段珍贵的经历，只保留给我们自己，那对许多帮助我实现这个梦想的人来说，是不公平的。我应该回到 FM 92.8 广播电台做一个说明，这个故事因为有他们，才开始变得真实。

当我走过电台大门，我特别探身看看警卫室，希望能遇到那位曾经把我挡下来的警卫先生。令我惊喜的是，当天也是他当班，我带着微笑看着他，他也笑着看着我，还跟我挥挥手，仿佛我们已经是老朋友了。我向他道早安，然后带着家人一起走进门，上到七楼去。

这是一个愉快的早晨，空气中弥漫着兴奋的气息，我跟家人走进录音间，工作人员亲切地与我们握手，露出欢迎的笑容。

我的亲生家人对于要面对媒体显得不知所措，我告诉他们，这个广播节目的听众对我有特殊的意义，所以，他们才愿意跟我一起来上节目。

在莉莎的手势指引之下，亲生父母跟我分别坐在麦克风前。在节目的第一段里，首先由我亲生父母发言，莉莎问他们："对于马武宝重回你们的生活，感觉如何？"他们答复说，很高兴我能回来，也很感谢我美国的父母让我回来。

问过了简单的问题，莉莎切入了听众关心的话题：“那时候，你们为什么要丢下马武宝？”生父把整个故事重说一次，他对于自己不能扮演好父亲的角色，充满失望。我看得出来，要他再说一遍整个过程是很痛苦的事，但是生父仍然鼓足勇气，把整个故事说完。

生父解释，他没有能力养活我，而我应该得到更好的照顾。他说了很多细节，解释他曾经如何努力要保住我这个孩子。当生父在陈述的时候，他低着头，双手紧握。录音室里每个人都哭了，我也哭了。要生父生母通过广播，在大家面前坦承他们在一九九一年三月十八日所做的事，不是一件容易的事，但是他们却做到了。在那一刻，我非常以他们为荣。

生父生母向听众陈述，丢弃自己的孩子造成的伤害有多大。我很佩服生父生母有勇气说出这些事情，也很感谢他们愿意向听众及我分享这些心情。

接下来，轮到哥哥上场。莉莎问他，对于弟弟回家，有什么感受，他只说，他很高兴很开心。听众不知道的是，哥哥说的话深深地触动了生父的情绪。生父在节目进行当中，不得不走到录音室外面平复心情。莉莎跟我都看得出来，生父的心情非常激动。而哥哥在回答问题时，我可以感觉得到他并不是在对听众说话，他总是看着我，说出他的心里话。

他说了我一些好话，也谈到弟弟回家对他的意义。他不仅感谢我回家，也感谢我在美国的父母把我养育成人。我哥哥希望未来能够见到我的爸妈。他对我美国的父母充满敬慕之情。显然，我的成长故事让他印象深刻。

但最让我吃惊的是，不知道有多少人都表示过想要认识我爸妈，我不知道为什么他们会觉得我爸妈非常了不起。是因为他们不仅领养了我，还领养了我哥伦比亚籍的姐姐吗？我真的搞不懂为什么。

在节目进行到一半时，我们开始接听听众的电话。其中一位是中年妇人，她从一开始就紧密地追踪我的故事，她是我最喜欢的听众之一。她说，她很高兴我的寻亲之旅终于有美好的结局，而现在，我可以继续朝向我人生的下一个目标迈进了。她还说欢迎我再回到这里，她愿意为我提供住所。我还来不及回答，她已经接着说，她希望我能带着我爸妈一起到她家住。

节目进入倒计时，三，二，一，节目结束了。我起身给莉莎一个大大的拥抱，感谢她为我所做的一切。然后，我也给哥哥一个拥抱，告诉他，我们之间的友谊对我意义非凡。

我闪身到洗手间去，抹去脸上哭过的痕迹。所有苦难的部分都已经过去了，家人跟我怀抱着崭新的心情，走出广播电台。

09

我欠孤儿院太多了

对于曾经照顾我四年的人，如果我不懂得感激，那我算什么人呢？

我的亲生父母跟我，都觉得欠孤儿院太多了，但是要怎么做才能向这么多人表达谢意？这就像是要报答父母的养育之恩一样困难。我只能把他们对我付出的关爱，深深地藏在心里，永远铭记在心。不论怎么做，都不足以表达我们的谢意，但是，家人跟我还是抱着一箱箱的水果到孤儿院去。

在我第一次探访孤儿院时，我才发现，孤儿院的保姆是不下班的，至少有一位保姆会住在那里，全天二十四小时照顾那里的孩子。

我以前怎么会那么自以为是呢？总是把孤儿院想成一个衰败的地方，一个无人看顾的地方。直到我的寻亲之旅，我才发现事实并非如此。在这里的工作人员，都是第一流的员工，他们把生命奉献给这些孩子。我想，每个人都应该找个机会，到孤儿院亲自看看真实的情况。

我想，这也许是我最后一次见到这些孩子了，所以，我首先去婴儿区探望，我只想再多看看这些孩子一眼，我知道，我一定会想念他们可爱的笑容，以及他们各种奇怪的表情。我走过去，摸摸他们的肚子，跟他们打招呼，说声“嗨”，光是这样，就让我感动得快要掉下眼泪。我一一跟这些孩子道别，然后，我看到那位我喜欢的相机小男孩，坐在他的娃娃床上。我帮他穿上毛衣及袜子，突然，我感到在我的脖子上有一阵拉力，很显然，他还记得我脖子上挂着的照相机，那就是他想要的东西。

他让我想起自己六岁的时候，对所有的事物都好奇，爱讲话，很好笑，也很帅。我真心希望，我下一次回来的时候，这些孩子都已经拥有他们自己的家了。

半个小时之后，我看到许多熟面孔也出现在育儿室。亲生家人跟一群记者终于有机会亲眼见到这些孩子。我很高兴看到哥哥在跟小孩子讲话时，突然变得轻声细语，我从未看过哥哥这一面。我看得出来，一开始的时候，生母面对这些小孩有点困难，但是，终究还是跟他们打成一片了。此时此刻,在这个房间里,我跟生母、生父心中都充满感动的情绪。

我依依不舍地跟这些孩子道别，他们的命运尚未决定，我只能祈祷这些孩子很快就会拥有属于他们自己的家。像我这样一个曾经住在这里的孩子，不禁觉得奇怪，为什么是我被领养。想到两个月之后，我就要回去和美国的父母团聚，我甚至都有点罪恶感了。

我知道一定有方法可以帮助他们，只是我还没想出来而已。

我们在孤儿院外面的院子里逛，我听到一位老先生在我后面大声喊我的名字。我不知道他是谁，所以只是转身跟这位陌生人挥挥手；他又再叫一次我的名字，还招手要我走过去。我边走，他还边催我快一点，我觉得这个人有点没礼貌，但我还是加快脚步跑向他。

我问他尊姓大名，却对他说的答案毫无印象。院长在我身后，问我还记不记得老先生，我说：“对不起，我忘记了。”那位老先生对于我不记得他，显得有些懊恼。他告诉我，在我还不到一百厘米高的时候所发生的事，显然，那时候我们两个人是一伙的，他很高兴看到我长得更高大了。

院子里的寒风，让我们都冻坏了。于是我们全都回到孤儿院的会议室去。我要向大家做最后的道谢，还要写一封信向大家致意。这封信会保留一阵子，之后才向大家公开。就在我写信的时候，有许多女士走进会议室，我不知道为什么会引起骚动，也不知道她们是谁。我只好根据爸爸教我的礼仪，起身迎接她们，也想知道骚动的原因。

原来，这些女士都是曾经照顾过我的人，她们现在在其他地方工作。我真的很荣幸能够再见到这些人，我知道，我小时候一定很难搞，增加她们工作的难度，但是，我也确信，我一定曾带给她们欢乐。拍了许多照片，我跟院长握手，感谢他为我所做的一切。此行，我没有机会再跟马振杰道别，所以我把一叠照片跟一封信交给院长，请他转交给马振杰。

坐上出租车，离开了孤儿院，我试着不要回头看，但是我真的忍不住地想，不知道何时才会再回到这里。一位记者的问话，打断了我的思绪，他想知道我在信里写了什么。他让我对着麦克风，读出我的信。当时我不知道他为什么要我这么做，后来他才告诉我，我读信的这段录音，会与我过去几个星期以来在中国寻亲时所拍摄的照片一起，呈现在观众面前。我想不出还有什么比这个更好的方法，来向马鞍山道别，还有道谢。

10

生平第一次祭祖

这趟旅程，除了全家大团圆之外，还有一件喜事要办：我哥哥的订婚典礼。

对我来说，订婚典礼，就代表着大吃大喝。

这场仪式在新娘家举办，邀请许多男方及女方家的宾客参加。早上十点钟，女方家已经挤满了亲朋好友，而到了中午十二点，已经有一半的人喝醉了，另一半的人则是吃得太饱，饱到不得不松开腰带。我不想告诉大家我是属于哪一种人，但是我真的玩得很开心。典礼结束时,我们还得绕过那些醉倒的人,才能走出大门。

中国还有一项祭祖的传统，不仅为了祝福生者有好运气，也对已逝者表达怀念与谢意。我们全家在订婚典礼之后要去祭祖，哥哥试着跟我解释我们要去的地方，但我完全听不懂，只知道要去向祖先的佛手祷告。

墓地只有四公里的距离，与其要跟叔叔、婶婶、生父跟生母挤一辆车，哥哥宁可跟我一起赛跑到墓地。如果当时我比较清醒的话，我一定不会答应哥哥一起做这件傻事。我们真的跑得很认真很快，如果我举起双臂拍张照，就会看到护送我们的车队，在我们身后缓缓前进的壮观景象。

我们继续跑着，越过一棵棵的树，躲过路上的障碍物，我开始感觉到刚吃完饭就跑步的痛苦。我想要表现出大男人的样子，结果却只能抓住哥哥，上气不接下气地问："我们到了没？"哥哥跟我一样喘个不停，只能断断续续地跟我说："快到了……快到了，转个弯就到了。”我决定，等我回到美国后，我一定要跟爷爷理查德道歉，以前老是嫌他跟不上大家的步调，对他说一堆鬼话。现在我才知道爬不上山路的滋味了。

哥哥拍拍我的肩膀，又再次昂首阔步地前进。也许是自尊心作祟，既然哥哥拒绝搭车上山，我也只能跟着瞪着那些车绝尘而去，再看哥哥一眼，然后赶紧跟上他的步伐。

正当我觉得我的心脏已经痛得快要炸开来时，我们抵达了墓地。我的第一个念头是，我跑得这么辛苦，可不是为了来看这一堆石头而已。哥哥赶快向我解释，只要绕过这些石头，就可以看到墓碑了。于是大家绕过地上积水的坑洞，继续前进，同时，也小心翼翼地提防着山上滚下来的落石，以免被打得失去意识。

好不容易走到弯路的尽头，我看到一些熟面孔，正陆续往路旁的墓碑走去，开始清理墓碑旁的环境。有一个叔叔跟他儿了动作很快地在拔草，把墓碑弄干净。从我所学过的中国历史及文化，我知道这是一项非常严肃的活动。我虽然没有不知所措，但是我却觉得自己不应该在那里。

在我身后的一些亲戚，手中拿着一叠叠的纸钱，其中一位叔叔问我，要不要帮忙烧纸钱。一开始我拒绝了，我跟他们说，假装我不在那里就好了，不要理我。但其中一位亲戚非常坚持要我参与。我跪在墓前脏兮兮的泥巴地上，观察哥哥的动作，他把纸钱一张张抽出来，折起来，放在墓碑前的水泥地上，然后把纸钱堆起来。我模仿哥哥的做法，但是要在一阵阵风的吹拂下，把纸钱堆好，真不是件容易的事。

把这些看起来有十五公斤重的纸钱都堆好之后，哥哥拿出打火机，点燃纸钱的一角，小心地把它放在纸钱堆的上面。我们花了十分钟堆好的纸钱，只用了三十秒钟就烧光光了。但是这个仪式还没结束，就在火堆还没熄灭之前，哥哥又拿出另外一大叠纸钱，分给我一半，我们继续把它丢进火堆里，烧个精光。

在我烧纸钱的同时，我也在想一些事情，我不是在回忆美国的生活，而是在思索我未来的人生。也许，这是想这件事情最恰当的时刻，我真的很想知道，此后，我与这家人的关系会变得如何。我放上最后一张纸钱，学哥哥的动作，对着隐身在其中的所有祖先鞠躬。

仪式结束后，我听到有人叫我的名字，我站起身，朝着叫声的方向前进，那是另一位叔叔在另一个墓地叫我。我看到他已经堆好很多纸钱，他又递给我一叠，要我帮他忙，我跪在墓碑的左边重复相同的动作。叔叔开口对我说，这是我的第一个婶婶，也是他第一任太太的墓。我的心情顿时沉了下去，我不知道他曾经失去过配偶，突然被告知这件事的我，可以看出他对前妻依依不舍的眷恋。他把打火机交给我，要我点燃纸钱，我点燃纸钱的一角，放到纸钱堆的顶端，看着熊熊的火焰把它们烧成灰烬。然后，我们一起走向其他家人。

哥哥对着我喊："弟弟，弟弟，过来这里！"他要我跟他一起坐在一块墓地的旁边。他告诉我，这是生父的爸爸，也就是我亲爷爷的墓地。然后哥哥跟我解释墓碑上写了什么，还告诉我刻在墓碑上那两排符号的意义。哥哥说，其中一排刻痕，代表爷爷有几个孩子；然后哥哥开始去数每一道刻痕，并且告诉我，每一道刻痕各自代表了谁。

哥哥接着告诉我另一排刻痕的意思。他说，这排刻痕代表爷爷的孙子、孙女；哥哥一一数着每一道刻痕，一个是大堂哥，另一个是哥哥自己，还有一个是妹妹。说到这里，他突然定住不动，愣在那里。几秒钟的死寂过去。然后，在一旁的生父，轻轻地说："马武宝，不要在意这个。"我可以感觉到哥哥这一刻的心痛，而我也不知道该说些什么。我只能拍拍哥哥，让他知道，我能够了解自己为什么没有被刻在爷爷的墓碑上。

老实说，我也不知道要如何看待此事，心里有一个声音说："谁在乎！我的生活根本就在美国。"但是心里又有另一股难过的情绪，提醒着我："我并没有被列在爷爷墓碑上的家族名单中。"

我根本就没有理由该感到难过，因为我从未在亲爷爷的生命中出现过。可是，最最让我不舒服的就是，他们根本不承认我的出生，而且彻底遗忘了我。

我给哥哥一个拥抱，提议我们回家后再多喝两杯啤酒吧。

11

临别夜

这次返乡团圆，从一开始，我就很坚持要自己住在宾馆。

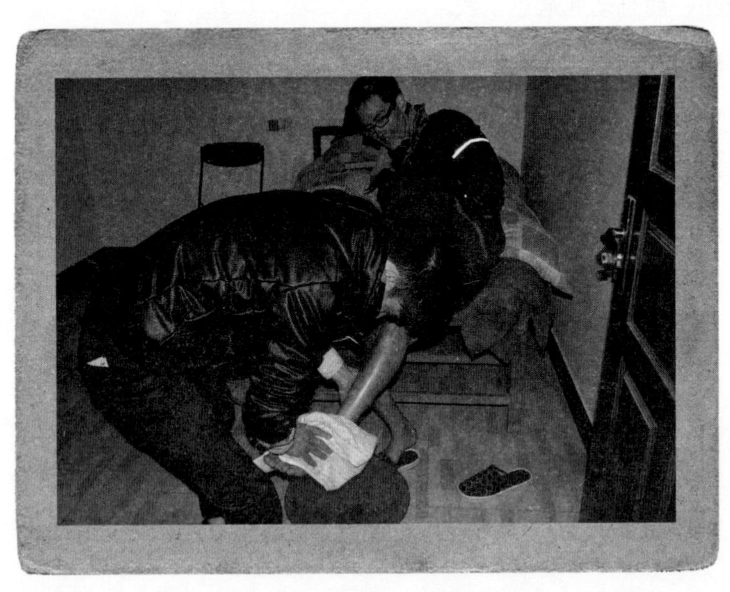

我并不是要跟亲生家人唱反调，我只希望到了晚上的时候，我能够有自己的空间，放松一下，一个人回味一整天所发生的事。然而，我的固执还是有点弹性的。

每天，家里每个人都会轮流来问我：“今天晚上住在家里好吗？”有一件很重要的事一定要让大家知道，这家人在询问我的时候，总是会把我包含在内，说“我们”家，而只要我在措辞的时候，提到“你们”家，生父、生母、哥哥、妹妹都会异口同声地更正我说：“这也是你的家。”

在我行程的最后一天早上，当他们再问我相同的问题时，我的答案不再是“不行。对不起，我需要有自己的空间”。那天我的答案是：“我今天晚上想住在这里。”我想，这是我待在马鞍山的最后一晚，今晚睡前，我必须跟大家好好道别。因为，我不知道何时才会再回来。

在我的名单上，还有另一个人需要道别，那就是莉莎。

晚上七点钟，我站在莉莎家门外，深吸了一口气，我按下电铃。我已经退掉了宾馆的房间，所以，此时我又背着九公斤重的背包站在那里。我走进她家，把背包放在门口的地上。

接着我看到桌上有两杯红酒，还有一些小点心。我们坐下来，互相干杯，庆祝这趟旅途的顺利成功。我们的谈话充满笑声，伴随着我们彼此之间的私密话语以及一些眼泪。我不断向她介绍我在美国的家人，同时也告诉她，我在中国的亲生家庭有多么了不起。

接着我们谈到命运的巧妙安排。如果不是电台警卫把警察叫来，那么接下来的这一切都不可能发生了。

十点钟到了，我提醒自己，太晚了，我该走了。在那一刻，我真的充满不舍的心情，要跟这位帮助我实现这次寻亲心愿的人道别。

莉莎手中握着两只酒杯，我跟着她走到厨房，谢谢她安排了这个美好的夜晚。当我走向大门，弯腰背起我沉重的背包时，我决定做一件这整个晚上我都很想做的事。我转过身去，吻了莉莎。我很确信，这个吻并非只出自我们其中一人，她的脸上露出微笑，我的心怦怦跳着，她的吻带给我的感受如此鲜明，我顿时不知该说些什么，也不知道该怎么办，只有抓起背包，转身离开了。

坐上出租车，我的心里在挣扎，我跟她只隔着一道门以及百步的距离，我人在出租车上，心里却恨不能跑回她身边。最后，我望着她公寓的窗子，喃喃地跟她道别，让出租车司机载我回到当涂县的家。

我回到家时，已经半夜十二点了。哥哥跟他的未婚妻及妹妹还在啃瓜子、玩扑克牌。我拉了一张椅子，加入他们，我们聊了大约三十分钟。生父跟生母这时从房里走出来，生母第一件事就是问我吃过饭没有。我仔细告诉她，我跟谁在一起，吃了什么，她摇摇头走开了。十分钟后，她端着一碗鸡汤走进来。我可能忘记告诉大家，鸡汤是我的最爱，就算我已经吃得很饱了，我还是吃得下那软嫩的鸡腿肉，喝得下香醇的汤头。而生母只要看到我吃得津津有味，就会觉得很满意。我发誓，不管是我的生母，还是我妈妈，每天都要确认八九次我是不是吃饱了，这是她们非常坚定的职志。

刚喝完鸡汤，生母抓着一根三米长的甘蔗，还有一把菜刀，走了进来。生母轻松地把甘蔗对半切成两段，然后试着用同一把菜刀，开始削甘蔗皮，她只花了几分钟，就把看起来要削几小时的甘蔗都处理好了。然后她再把甘蔗切成三十厘米长的小段，给我们一人一根。

我根本不知道该怎么吃，只好看着哥哥怎么做。只见他大口大口地咬着甘蔗，我很讶异，他怎么能吃得那么快。看他一口接一口咬着，一副轻松简单的样子，我却紧咬牙关，想着牙齿快完蛋了。

看他表演完，我小心地咬了一口甘蔗，吸吮着它的汁液，香甜的滋味顿时溢满我口中，我才发现，只有咬下去的外层，有一点硬度，它的肉心却很柔软易嚼。这滋味真的很不错，我有如踏在云端般地享受着这美味。

当我正嚼得起劲时，哥哥告诉我："不要把渣滓吞下去。"我比着嘴里的渣滓，问他："那我要怎么办？"他说："就吐在地上啊，等一下妈妈会把它们扫掉。"听到这个答案，我歇斯底里地大笑不止。我想象着，如果我在美国家里这样吃东西的话，我妈一定会抓起甘蔗海扁我一顿。

吃完甘蔗，洗好双手，我们全家人围着桌子，自在地聊天。我告诉他们我美好的儿时回忆，以及我跟在美国的姐姐有多调皮，我甚至还跟他们聊到我上一段恋爱史，以及我从中学到的教训。

我们也聊到生父的工作，以及妈妈怎样照顾那一大片的稻田，还聊到哥哥的按摩工作，以及他跟未婚妻认识的经过。直到现在，我才知道妹妹在担任餐厅女侍的工作，而且已经做这个工作好一段时间了。

生父在杭州市的一家公司工作，听起来，他的职责是要清洁生产线上的鞋子。他还告诉我，他很少回家，一年中，只有过年的时候，才有几天假日能回家。公司提供宿舍给员工，所以生父可以省下住宿的开销。

生母的工作就是要照顾家里的稻田，这些田地产出的米不仅能供家人食用，还能卖到市场上去赚钱，这激励了生母要生产出很多稻米。我可以看出来，生母一年到头都很辛苦。

生父及生母这一辈子都很努力工作，但是收入却非常微薄，我很担心他们。我真希望能告诉他们放轻松，休息一阵子，然而，残酷的现实是，他们承担不起不工作的后果。

在了解中国大陆的职场生涯之后，他们问我关于美国的状况。我其实并不清楚美国的职场情形，我只能解释最低工资及基本的劳工保障。当我告诉他们，在俄勒冈州每小时的最低工资是 8.5 美元时，他们都很讶异。哥哥问我，我上次打工赚了多少钱，我告诉他，一位大学生在暑假里可以赚到两千五百到三千美元，而我三个月在美国赚到的钱，大约是哥哥一年的薪水。

聊着聊着，生母回到她的房间里，找出一些小东西。她手中握着两个钱币，说："这是我祖母给我的纪念品，我们家里有四个这样的钱币，你哥哥和妹妹各拥有一个，现在这一个要给你。等你结婚之后，我会把我妈妈传给我的第四个钱币交给你。"哥哥急着插话说：“这个钱币不能用，也不能卖掉，这个钱币只能在我们的家族里，一代代传承下去。”

喜悦的心情以及感动的情绪几乎淹没了我。我强忍住激动，跟生母道谢，谢谢她给我这个意义非凡的礼物。我仔细观察手中钱币的刻痕，同时也把我自己按上去的指纹擦掉。我每看一眼，眼泪就忍不住地涌出来。我不知道要怎样解释此时的眼泪，但我第一次觉得，大胆哭出来没有关系。紧握着手中的钱币，我感谢亲生家庭为我所做的一切。

我很激动地跟亲生家人说，我今天能够跟美国家人过着幸福的日子，必须要归功于他们十九年前无私地把我放在体育馆，如果不是那么做，我今天不会拥有这么好的机会。我边哭边说我真的很幸运，美国的家人那么爱我、照顾我，给我人生的第二次机会。我最后说，谢谢他们带给我生命，我以此为荣。

这个时候已经是凌晨四点了，我的双眼已经疲累到充血通红。在我的卧房里，亲生家人为我准备了一套盥洗用具以及几条毛巾让我洗脸。我刷完牙，生母帮我擦上青春痘的药膏。当我回到房间里，哥哥已经装了一桶热水在等我，他要我坐下来，然后他帮我卷起牛仔裤的裤管，让我把脚泡在热水里，他帮我彻底清洗脚及小腿。这个时候，生父正躺在我的被窝里帮我暖被子。我坐在床沿，觉得这是我遇过最怪的就寝仪式了。但是，最好的方法就是不要去分析它，让这一切发生吧。洗好脚之后，哥哥帮我把裤管放下来，然后，他就拿着那条刚才帮我洗脚的毛巾帮我擦脸，虽然他的手劲很大，但我还是闭上嘴，让哥哥做老大吧。

家人共同为我盖上被子，关上灯，我随后带着暖烘烘的身体及暖烘烘的心，进入梦乡。

12

竟然错过飞机

这是我跟家人相处的最后一个早上，阳光普照，温暖的空气包围着我，我想今天会是顺利的一天。

在相处的这段时间里，我们兄妹三个发现，我们共同的兴趣是打羽毛球。所以，我们决定要让这次的旅程，以羽毛球友谊赛作为结束前的高潮。

我并非有意要说哥哥的坏话，但是他打羽毛球的技术实在有待商榷。就连他自己也这么承认。所以妹妹建议，由她跟哥哥两人双打，来挑战我的单打。这场比赛至此已演变成中美之战。

我在地上划了一条线，代表中界，彼此不得跨越。我不断用抱怨及扰人的分心战术，一开始就占了上风。但是双方的比数非常接近，大家都铆足了全力，打得大汗淋漓。妹妹打了一记又高又快的球，我蓄势待发，准备要狠狠地打回去，但是刺眼的阳光，照得我的眼睛看不到球。我的小眼睛已经眯到不能再眯了，却还是看不清楚球到哪里去了。突然球身一闪，我赶快移动身体，用力挥出球拍。由于我的注意力全在球上，没有注意到周围的环境，结果我不但漏接了这球，整个人还摔倒在小坡地上，造成手臂擦伤。

哥哥跟妹妹赶快跑过来，帮我把尘土拍掉，小心地检视我的伤口。当我站起来时，忍不住大笑。我要哥哥跟妹妹重新比赛，我拍掉灰尘，擦掉血迹，走到门廊下，找个地方坐了下来，看着这片田野。

我一边看着哥哥跟妹妹继续打球，一边欣赏风景。这实在是很美的景色，我可以看见稻田、葡萄藤及房舍，对应着美丽的高山，呈现出平静的美感。我想象自己七十岁的时候，穿着长长的睡袍，坐在摇椅上，欣赏这幅美丽的风景。而我现在所能做的，就是靠在椅背上，看他们打球，呼吸春天的气息。

我们一直玩到大家的手臂都已发酸，才在门廊下休息，大啖甘蔗。我才吃到一半，看见生父从家里出来，往外面走，我很快放下甘蔗，追上他。我们边走边聊，谈钓鱼、谈我会玩的运动。我很高兴地跟他分享我与美国家人每年夏日的露营活动，以及爸爸常带我一起去的钓鱼活动。这些点点滴滴的日常小故事，使他的脸庞出现光芒。

生父喜欢听我说未来的计划。他想知道，我要怎样实现自己的梦想。我尽可能地用我会的中文，向他描述我的愿望，以及我对自己生活的期许。我告诉生父，我现在最大的愿望，就是赚足够的钱，盖两栋房子。这两栋房子会共享一个后院，后院有游泳池。其中一栋房子，要给我的爸爸跟妈妈住，而我则跟太太孩子住在另一栋房子里。当我谈这件事情的时候是认真的，但是生父就是一直笑。

我跟生父肩并肩地走着，试着要找捷径往大路上走去。当我们走到大路上，走了八百米远，就开始看到一些小摊贩。生父选了一只鸡，我赶快躲得远远的，避免看到杀鸡的景象。之后，我就四处逛逛，想看看市场都卖些什么，物价如何。我跟老板们聊着，我身上有一些美元跟台币，所以他们都很希望我能买些东西，用美元付钱。

回到家，我把刚宰好的鸡交给妈妈。想到我的行李还没整理好，我于是回到房里去收拾。我看到有位婶婶正在把我的内衣及衬衫卷起来，我没有尖叫，但是很大声地说，不用帮我弄，我自己会做。她似乎把我当作从火星来的人，理都不理我，继续她的动作。

这时妈妈走进房间，塞给我一个红包。我很清楚红包里会装什么，所以，我马上拒绝收下这笔钱。我感觉得出来，这是一笔数目不小的人民币。光是看信封的厚度，我想里面大概有五百美元左右。我很清楚，我绝不会接受家人慷慨给我的这份礼物，尤其是他们已经为了我付出了许多。我高举手臂，很礼貌地拒绝。我说："不，不，不，我不要你们的钱，我有你们的友谊就足够了。"正当我以为自己已经占上风时，生母有更多的帮手出现，纷纷强迫我接受。

生母把我逼到角落，把钱塞到我的口袋里，生父、哥哥、妹妹，甚至老奶奶都同声一气地把红包往我口袋里塞。我不知道该怎么办，只有认输，收下红包，跟大家道谢。我很小心地把钱放在背包里安全的地方，继续整理行李。

通常我不会公开谈论金钱，但是我真的想让大家知道，我的亲生家庭有多么无私大方，在红包里，大约有价值八百美元的人民币。十九年前，这个家庭因为生活拮据而丢弃了我，而现在他们却把半年以上的收入送给我。我对于他们的这项赠予充满讶异。

他们大可以把钱留下来给子女拍婚纱照，或是买八百瓶好酒来喝。但是，他们宁愿把钱给我，作为我在美国的教育资金，我真的很难理解他们的这项举动。最讽刺的莫过于，在跟他们团聚之前，我很担心他们会跟我要钱，结果却是他们给了我一大笔钱。

就在我刚打包好行李时，我听到妹妹的男朋友说，开车到机场的车程有两小时。我原本以为只要一小时就够了，这才发现，我只剩下两个半小时一定要抵达机场，于是我马上背起背包，告诉大家，现在就要出发，否则会赶不上飞机。

等全家都了解时间的紧迫后，接着又要分配车辆，当我抓着背包，坐上前座，我宣布："我们现在一定要出发了，不然就搭不上飞机了。"我愈着急，大家的动作就愈缓慢。终于，车子发动了，我对着窗外送行的亲戚挥手大叫："谢谢。"

我每隔十分钟就问妹妹的男朋友："快到了吗？还有多远？你觉得我们赶得上吗？"我心里着急地盘算着："到机场后，我还会有时间跟大家说再见吗？"对于目前的处境，我很不满意，竟然会这样匆匆忙忙地赶飞机。

更惨的是，我们跟送行亲人的车子在路上冲散了，所以每走一段路，就得要停下来等另一台车跟上来，我不由得在想，他们是故意拖延，好让我搭不上飞机吗。事实当然并非如此。只是我们不停地停车等待，甚至跟在我们后面的车还走错路，所以我们还得等它绕回来。等了五分钟，我说，我们非走不可了，大家直接到机场，再会合吧，至少我还可以先到柜台报到。重回高速公路后，我觉得应该可以赶得上飞机，而且至少还会有几分钟跟大家说再见。

终于看到机场航站了，妹妹的男朋友在进入机场前五十米处停下来，他还打算要等另一辆车，于是我决定让他们等，我自己下车先到柜台报到。

看起来很近的路程，我估计只有四百米，但实际上却有一千四百米，我快速跑步，还要避开车子及手推车，就在我要走进国际线的离境大门时，我听到有人叫我的名字，我赶快停下来，看到莉莎跟一些记者在二楼叫我。

我指着门，跑进大厅，找寻航空公司的柜台，跑过来又跑过去，才发现，我得要通过安全检查的柜台。于是我又往回走，终于找到柜台了。这时我才发现，我的护照还留在背包里，而我下车的时候，并没有带着我的背包。柜台小姐告诉我，我还剩五分钟可以报到，否则柜台就要关起来了。

所以我又从安全检查的柜台跑开，直接跑向莉莎，因为时间紧迫而无暇解释清楚。我问："我哥哥在哪里？我的背包在他手里。"于是，大家都帮着我打电话，问清楚他们到底在哪里，终于跟哥哥联络上了，我跟他详细解释我所在的位置，问题是，他在航站里迷了路，找不到我。

于是有些记者开始在航站大厅里大声叫他的名字，希望他能因此发现我们所在的位置，没多久之后，一声欢呼响起，我看到我的黄色背包正背在哥哥的肩膀上。我跳过围栏，通过旋转门，抓住我的背包，从里面拿出我的护照，跟莉莎一起跑到安全检查柜台。

已经太迟了，就算有这么多的人奔跑尖叫，也还是来不及了。我迟到了十分钟，已经赶不上登机了。

我没有怪别人，我只能怪自己为什么没有问清楚路程的时间。我站在服务柜台前，请他们帮我解决我棘手的情况。很快，他们就为我印好新机票，我的班机改为隔天早上九点二十分。

在挫折的情绪中，我渐渐冷静下来，跟莉莎谈了几句话之后，我们全都离开了机场。

13

妈妈请不要担心

错过班机之后，我知道我不能再留在当涂县的家里，因为一回台湾，马上就有学校考试在等着我，我必须利用时间读书。

于是，我跟亲生家人解释，飞机已改成明天的班机，我要留在宾馆里读书。他们完全能理解我的状况，愿意配合。我坚持要搭出租车回马鞍山，现在大家就在机场先道别，隔天他们也不用赶一早来送机了。关于这点，家人可就不同意了，他们说，当天晚上会住在马鞍山的朋友家，这样隔天早上就可以送我到机场去。我实在很犹豫，因为担心今天的情况会重演。

一时之间我也很难做决定，于是我就答应他们，开始计划接下来的行程。我们决定先回马鞍山，生父、生母、妹妹跟我坐一辆车，由妹妹的男朋友开车，爸爸就坐在副驾驶的位置，我则夹在妈妈跟妹妹的中间。

我问妹妹，要不要打电话给我美国的妈妈。我沉浸在兴奋的心情里，想跟妈妈说话，所以我马上拨了电话，没有好好计算时差，其实，当时远在美国的俄勒冈州是晚上十一点。

我知道，身为儿子，我犯了几个错误，从我抵达中国大陆以来，我都没有跟家人联络。但我还是必须搬出一些理由，来解释我的错误。在中国大陆，我没有授权码可以上网，而我的手机一开始也没办法使用，所以，美国的家人都不知道我有没有跟亲生家人相聚。我知道，这势必造成美国家人的担心与不安。

电话一接通，妈妈听到我的声音，知道我一切平安后，松了一口气。妈妈告诉我，他们很担心我的安危，爸爸试着用各种方法联络我，结果都失败了，所以他们只能为我祈祷，希望我一切平安顺利。更糟糕的是，我的行程又比预期延长了几天，所以，他们没有听到我回台湾的消息，心里就更担心了。

在得到妈妈的原谅后，我把电话切换到扩音模式，让妹妹可以跟妈妈通话。因为她们之间有语言上的障碍，所以对话都很简短，还不时有些尴尬的沉默。但是听她们的对话很有趣，我尽力帮她们翻译，只是妹妹也很兴奋，所以讲话讲得很快，我有时完全听不懂她在说些什么。

可以跟妈妈讲话，我很开心，有好多话想告诉她，却不知该从何讲起，于是我从哥哥、妹妹跟我长得很相像开始谈起，再谈到抵达第一天时的场面。我告诉妈妈，我跟亲生家人都做了些什么，还告诉妈妈每位家人的背景，以及他们的工作等。

从我回到中国跟家人团聚之后，妈妈是第一位我可以用流畅的英文与之谈论我亲生家庭的人了。于是，我就滔滔不绝地说个不停，没有考虑到已经是妈妈的上床时间，我猜妈妈被我这么一吵，可能又要整晚失眠了。

妈妈终于有机会问我问题了，当她问到亲生父母为何要抛弃我时，我必须深吸几口气，才能回答。我也让妈妈知道，这对我亲生父母来说，是非常困难的抉择。我告诉妈妈，亲生家庭是很善良的一家人。

我希望让妈妈充分了解这种情况，她才不会担心我。因为一直以来，妈妈都很保护我，希望我跟亲生家人相处能够很舒服，没有委屈或勉强。这也是他们对于我的寻亲之旅唯一的立场了。他们支持我去寻找自己身世的答案，可是，他们最关心的就是我心里的感受。他们曾经担心，不知道亲生家庭会怎样对待我，而我又要用什么样的心情去面对他们。在寻亲的整个过程里，爸妈一直都跟我一起分享这些内心的担忧及期待。

我继续跟妈妈吹捧我的亲生家人有多好，而且跟妈妈说，他们的意图很真诚。谈到亲生家人愿意站出来跟我相认的一番心意时，也许触及了我心里最脆弱的角落，我突然情绪失控，号啕哭了起来，说到一半的话，再也接不下去，眼泪一直流下来，完全失去大男人的形象。

在这整个旅程里，我要求自己要坚强，那是为了我自己，也为了我周遭的人。然而，那只是我坚强的外表，到达某个时间点，我的情绪终究会溃堤。

也许是因为一个星期以来，我第一次听到妈妈的声音，才在电话里哭个不停，根本忘记了身边的人。我试着让自己停止哭泣，可是下一秒，眼泪又飙出眼眶，生母跟妹妹也跟着我掉眼泪。

妹妹的男朋友索性把车停下来，去买饮料，让我们转换心情。我还继续在跟妈妈通话，我告诉她亲生家人对我的看法与期待，我也不知道要如何形容这家人跟我相认后的心情。我告诉妈妈，他们唯一的期待就是再见到我。生父曾告诉我，如果有时间的话，请回来探望他们，让他们知道我一切安好；如果我没空回来，那就跟我爸妈待在一起，继续上学。他要我珍惜得到的第二次机会，努力工作，用功读书。在诉说这段话时，我又哭了起来，因为，这段话的内容对我深具意义。

我一直在电话里重复跟妈妈说："不要担心""我很爱你们"，我的情感倾囊而出，我好希望自己此时是在家里，能够拥抱妈妈，说这些话。即使我试着改变话题，下一秒钟我又哭了出来，我完全变成一个爱哭的小娃娃了。

我跟妈妈说，想跟爸爸讲话。等爸爸接过电话后，他说的第一句话是："嗨，你好吗？"这只是寻常的问候语，可是我回给他一堆话："我好吗？你觉得我好吗？你知道我怎么了吗？我刚刚在电话里对妈妈哭了三十分钟，我想要回家。除此以外，我一切都很好！"我跟爸爸的谈话比较简短，但我仍然跟爸爸大致描述了我的亲生家人。

我告诉爸爸，他将会收到昂贵的手机账单，而且钱都花在我边哭边说的呜呜咽咽上。最后我们用"我爱你！"结束了这通电话。

挂上电话，生母为我擦掉眼泪，交给我一杯冰茶。下车前，我很正经地对妹妹说："只有真正的男人才会哭。"

14

我一定会再回来

回到宾馆，准备好课业后我倒头就睡，头一沾枕便不省人事了。

当我正梦到被一群小流氓追着跑时，突然被手机铃声给吵醒了。我看看时间，凌晨四点钟，谁会在这种时候打电话给我呢？我查看手机屏幕，看不出来是谁打的，于是只好按下接通键，说：“哈啰？”

结果我只听到一片寂静，然后似乎有一些迟疑的声音，我听不清楚，便要求对方大声一点，他就再重复先前所说的话，直到我终于听出是谁打给我的。是生父的声音。我问他，一切可好，怎么会这么早就打电话给我。他才说完：“一切都很好……”我就打断他，对他说：“对不起，现在是凌晨四点，我只剩两小时可以睡觉，我们见面再谈吧，晚安。”我挂上电话，心里却非常狐疑：“为什么爸爸要这么早打电话给我？真的一切都很好吗？还是有什么问题呢？”这些疑问在我脑海里挥之不去，但最后我还是沉沉睡去了。

感觉好像我只睡了十分钟，却已经六点了，我得要赶紧准备出发。整理好仪容，还处理了我的青春痘，结果就有点耽搁时间。我赶快把东西塞进背包，走下楼去。

早上六点半，家人已经在宾馆大厅等我了，我们上车，直赴南京机场。这辆车非常挤，生父坐在前座，生母跟妹妹挤一个座位，哥哥跟他女朋友挤一个座位。在车上，妹妹交给我一个粉红色包装纸的盒子，我好感动，她竟然还送我礼物。我打开包装，里面是一个陶土做的青蛙造型马克杯，还有一把青蛙装饰的汤匙，我给妹妹一个拥抱，对她说：“以后只要我用到这个杯子，就会想起你们。”

在车上，家人们问我：“什么时候才会再回来？”老实说我不觉得我会有很多机会可以再回来，所以只能说：“现在的我不知道未来会如何，但只要我有机会，我一定会再回来。”这个答案，对他们来说已经足够，因为他们最关心的就是我有意愿要再回来。

我身体往前倾，拍拍坐在前座的生父的肩膀，问他到了机场之后，我们可不可以私下谈谈。生父点点头。其实我心里很紧张，因为我想要私下问他，为什么会在凌晨打电话给我，真的一切都没问题吗。停好车后，我从容地走向国际航班的大门，把机票递给柜台人员。这次一切都很顺利，而现在才早上八点。我还有时间跟生父好好聊聊。

我背着九公斤重的行李，跟生父在大厅里边走边聊。有时他讲，有时我讲，有时我们两人则都陷入沉默，这种时候，一直跟在我们身后的生母，就会追上来，喂我吃早餐。生母的手一直不停地剥蛋壳，我才吃下第一颗蛋，她就已经剥完好几颗蛋放在袋子里了。我跟她说，我只要吃一颗就饱了，但她还是坚持要我多吃一颗，虽然我马上说：“拜托，不要再叫我吃了！”但她还是在继续剥蛋，然后把蛋塞给我，我猜想，她可能听不懂我有口音的中文吧。还好生父出面制止了生母，生母才走远了，留给我和生父私人谈话的空间。

生父递给我一封信。他希望我把信转交给我的爸妈，让他有机会向我爸妈道谢。我向他承诺，我一定会把信交到爸妈手中。我把信折了三折，小心地放在口袋里保护好。

我问生父昨天深夜怎么会打电话给我。他说，因为昨天看到我在车上哭成那样，所以很担心我的心情。我微笑着对他说："我现在没事了，那时候只是很想跟妈妈说话罢了。"他继续告诉我，这几天他都很难入眠，因为有太多的心事，我要他跟我说，让我替他分担一些，但他就像个铁汉般地说："不用。"

我们继续在大厅里绕圈圈，就在快要走回亲友的送行队伍以前，他拉住我的衬衫，要我等一下。我转过身，望着他的眼睛。他停顿着没有说话，我仍然不知道他心里在想什么，想告诉我什么。我等着他平静下来，等着他告诉我心里话。没过多久，他看着我，对我说："对不起。"

我知道他为什么要说对不起，然而，我却不知道该如何回应。我怎能因为生父生母丢弃我，就对他们心怀怨怼呢？尤其是当我已拥有现在的人生，我怎么还能怪他们呢？我能说的只有："不用道歉，只要心存感谢就好了。"

我把手放在他肩上，告诉他："你们所做的事情，让我现在能受教育、有光明的前途，让我拥有一个爱我的家庭，他们支持我，督促我变得更坚强，让我变成更好的人。所以，不用感到抱歉，应该为我拥有第二次机会而感到高兴。我才应该向你们道谢，我在美国的家人也是，他们每天都感激你们带给他们的礼物。"我不想要再像昨天一样哭得满脸都是，但快乐的泪水还是不由自主地从我眼里涌出，滴在我的鞋子上。

生父说："你每天都要告诉你的家人，你爱他们，要把握这第二次机会，全力以赴。上学读书，把日子过好，最重要的是，要对自己诚实。”他接下来说的话，就跟从小到大我爸爸对我说过许多次的话一模一样：“你要倾听自己内心的声音。”

话说到这里，已经超过我情绪所能负荷的程度，我又哭了，而且说不出话来。我赶快让自己平静下来，不要在机场的航站大厅失态，然后用面纸擦干眼泪。

生父带给我的印象，就像是不会流露出情绪的修行者，事实上，他坚强的外表下，有一颗柔软的心，但他绝不想让别人看到他软弱的一面。所以，他没有再多说什么，只是默默走开，走出航站大厅，偷偷把眼泪藏起来。

在其他家人的面前，我还是努力强装镇静，生母追着生父到大厅外面去了。我突然听到广播，发现我的班机已经开始登机了，于是我对家人说：“希望下次再见，不用再花十几年。”我跟家人一一拥别，谢谢他们为我所做的一切，不顾再次落下的眼泪，我朝着安全检查关卡走去。一直到了金属检测区，我仍然在跟他们挥手道别，当我递上机票给安全检查人员，他用手指了指另一列队伍，我才知道我又排错了。

原来这是国内航班的队伍，我赶紧问清楚国际航班的队伍在哪里，背起背包，从队伍里跳出来，我从送行家人的身边跑过，告诉他们，我是个白痴，我又排错了。我背着背包一路跑，转弯时，我滑了两跤，哥哥则紧跟在我后面，像保护我一样。

终于到达安全检查的区域了，我交出机票，看看手表，还剩三十分钟飞机就要起飞了，我再回头望一次哥哥，跟他挥手再见。我跟他之间，只隔着一道金属栏杆，我对他微笑，再次挥挥手，他的影像，就像是在播放慢动作似的，在我眼前停留。

他的微笑、他挥手的动作，将永远留存在我心里，成为永恒。

过去十八天的寻亲之旅，终于引领我走到结局，就像童话故事里的结局一样，幸福又快乐。

〔后记〕

有亲人的地方就是家

直到现在，我仍然对我幸运的寻亲之行感到惊讶。这段历险、这段旅程与这个梦想，对我、我美国的家人，以及中国的家人，都意义非凡。能够找到我的亲生父母，是梦想成真。

我一直都在想，中国的生活是什么样子，我有一天会回中国吗。而关于自己，我更是忍不住猜测，我是鼻子像生父呢，还是眼睛像生母呢。

在青少年时代，我三不五时就会兴起一个念头："我想要去看亲生父母吗？"也许是因为我当时的年纪，或是对世事的不够了解，我给自己的答案是："不要，我才不要见到遗弃我的人呢！"我在美国过着人人欣羡的生活，我有很棒的爸妈，还有一群死党朋友，每天做完功课就有卡通可以看，每年全家还会一起去度假，谁还要去管亲生父母是谁呢?

然而，当我逐渐长大成人，想要知道我亲生父母的渴望就愈来愈强烈。尤其来台湾当交换学生后，我开始觉得，这是展开寻亲的最好时机了。一开始，我所拥有的信息少得可怜，总共只知道一家孤儿院，以及我是在哪个城市被捡到的。那时候觉得，要找到亲生父母几乎是不可能的事。我所仰赖的，只有爸妈从头到尾的支持。所以，我决定放手一搏。

到中国寻亲，完全超乎我的预期。我走在马鞍山街头，踏上我一直以来都渴望重回的故乡。我不仅拜访了孤儿院，与孤儿院里的兄弟姐妹重逢，还跟他们分享我成长的故事，找回我们过去共享的时光。光是这部分，对我而言，已经算是成功的寻亲之旅，因为我已经在马鞍山找到家的感觉了。

马鞍山人的慷慨、热心，令我深受感动。但是再多的感谢，也无法表达我万分之一的谢意，不仅是我，我在美国的家人及朋友，都跟我一样可以感受到马鞍山之爱。我抵达马鞍山的第一天，其实是很难捱的，虽然回到故乡，却觉得无比孤单，不属于那里。只是才过了一天，马鞍山的家人已经热切地拥抱我这个远道而来的陌生游子了。

这个故事，就像是蝴蝶效应一样；我在对的时间对的地点，遇见对的人，这造就了我顺利的寻亲结局。机场公车站认识的女孩、广播电台的警卫，以及电台 DJ 莉莎，一切巧妙地联结在一起。虽然遇上莉莎，并不代表我就会找到亲生父母，但是她的确激励了数以千计的马鞍山人。我很肯定，如果没有 FM 92.8 电台及这些报社，寻亲结果会截然不同。

跟亲生父母相见，了解他们的生活，对我来说似乎是不可能的梦想。直到我返回美国，我仍然对自己的幸运感到难以置信。现在，我知道他们是谁，他们也知道我是谁，在我们见面后，我对亲生家人曾有的担心都不存在了。

在我要前往马鞍山和家人会面之前，爷爷理查德打电话给我，他说："你奶奶跟我商量好了，希望你能用我们的名义，带一份礼物给你的亲生家人。你可以自行斟酌要不要这么做。"我爷爷奶奶希望能对我的亲生家人表达谢意，谢谢他们养活我一段时间。我静静地听完爷爷的理由，然后告诉他们我对这件事情的想法。我说："谢谢你们的建议，但我还不知道亲生家人是怎样的人，我不想给他们任何礼物或金钱。"我把当时我对亲生家人的感受，原原本本地告诉爷爷，而我当时真的觉得他们不配得到我的礼物。因为我其实也担心，如果我给他们礼物或钱，他们可能会要求更多。我想保护我的家人、我家人的钱，以及我自己。最后我告诉爷爷："这家人不值得我给他们任何东西。"

现在回想当时的心态，觉得自己真是个混蛋。这段旅程中，我有机会能跟亲生家人相处，现在，我对他们的心态不再是"他们不配"，我反而觉得："他们应该拥有更多。"

我不知道要如何描述我与亲生家人相处的那个星期有多快乐。我找到了长久以来想要知道的答案，也对自己四岁以前的身世有所了解。亲生家人非常真切诚恳地对待我，每一位亲人都真心待我，我一点都不觉得他们占我便宜，只除了我教他们玩扑克牌的时候。

他们很关心我的心情，对我只有友善。对于我要回美国去，他们也不会让我觉得有罪恶感。我没有一刻忘记，我真正的父母，是从四岁起把我养大成人的爸妈。我心里很明白，领养我的爸妈也很明白。而亲生父母也能体谅，他们并非我情感上的父母，他们知道我的家人跟我的生活都在美国。

其实，对于我执意要去中国寻亲这件事，我一直都对爸妈心存愧疚，因为我担心他们的感受。可是，在我寻亲的过程中，我深深体悟到领养我的爸妈对我付出的爱，以及我跟美国家人的联系不需要 DNA 或血缘关系来证明，我们就是自然而然地成为一家人，深爱着彼此。我希望他们得知我已学到这宝贵的一课时，也能感到欣慰。

对自己身世之谜的好奇，终于得到答案。而且，我已经跟亲生家人，包括哥哥、妹妹变得熟稔。从来不相信童话故事的我，终于见识到美梦成真。这段美好的故事，将会永远留存在我心里。

有人问我，接下来我要做什么。老实说，我还没有什么概念。虽然有很多愿望，但是我还没确定。不管我是在美国俄勒冈州汉密尔顿市度过余生，还是在世界的任何一个角落闯荡，在我心里，“有亲人的地方就是家”。所以，有爸爸、妈妈、姐姐的家，才是我的家。

命运冥冥中安排我得到第二次机会，所以我要好好把握，让第二次机会实至名归。我仿佛看着远处山峰的顶端，知道在那里会有壮观的景致在等着我，然而，一如过去十六年的岁月一样，我从不孤单，不管眼前的路途险恶还是平顺，爸爸、妈妈、姐姐都会握着我的手，引领我向前行。

谁知道？也许我会成为全球前五百大企业的总裁，也许我会成为名嘴，也许我很快就会结婚成家；谁能预知未来呢？亲生父母的抛弃，曾经为我幸福的成长岁月留下伏笔；那么，重回中国，与他们相认，是不是也已在我的未来埋下另一个奇迹呢？那是我期待去探索的另一段人生旅程。

〔谢词〕

千金难买第二次机会

如果没有这么多人帮我，这本书、这段旅程是不可能完成的。我要利用这个机会，向一些杰出的人士道谢，他们在我的这段探险跟我的生命中，给我莫大的帮助。

首先，我要感谢一些人，从我一抵达美国，他们就成为我生活的一部分。先从我的爸妈开始，他们放开心胸，永远都支持我疯狂的梦想。他们教给我的一些特质，例如责任、尊重及付出爱，我希望将来能传承给我的孩子。我也想谢谢我在汉密尔顿市及贝克市的家人及朋友所给予我的支持。

我的祖父母丹尼斯和罗斯玛丽，以及普丝拉和理查德，都是最棒的祖父母。他们鼓励我运用我的想象力，告诉我这个世界就是我的游乐场。即使外祖母罗斯玛丽已经不在人世，在我孤单难过的时候，我仍然可以感觉到她与我同在。我的祖父母就像是老天爷给我的礼物，我很幸运在我的生命中有这么棒的家人，把我推向成功之路。

接下来，我要感谢在过去这一年帮助过我的一些人。

我也很感谢马鞍山市好心的居民。电台的听众们打电话进来，告诉我他们支持我，让我对寻亲持续抱着希望。我很感谢马鞍山市 FM 92.8 电台的帮助，他们愿意报道我的故事。毋庸置疑，我特别要感谢莉莎，她在我寻亲的整个过程中，陪伴着我。她智慧友善的言语以及温暖的拥抱，让我在感觉孤单时仍能坚强起来。还有，出租车联盟的司机殷勤地款待我，给我真诚的友谊，我从心里对他们致敬。若不是他们，我的故事不可能会有圆满的结局。

马鞍山市福利院在我的心里有个特殊的地位。我所遇见的那些小婴儿、小孩子，以及成人，都让我这趟旅程特别值得回味。我很庆幸有机会能跟他们相处，感觉自己是他们这个大家庭的一员，这对我来说，是一段千金难买的经历。

新闻媒体 Massi Inc.，以及其他的报社，都给予我莫大的帮助，为我散播寻亲的消息。我们一起花了无数的时间，讨论该如何进行，共同完成了这段旅程。我也很谢谢那些在博客上讲述我故事的一些朋友，让更多人知道我寻亲的消息，那些在博客上留下的感人字句让我深深感动。

当我在中国期间，要特别感谢希斯黎担任我的专业翻译人员。还有张云霞女士，她就像妈妈似的照顾我，总是对我张开双臂，带着一袋袋的食物给我。真的很感谢她们。

我也要趁这个机会，向台湾的一些朋友道谢。如果不是多多和艾伯特，把我在中国所发生的故事，寄给扶轮社新世代委员会主委陈思明先生，这本书不可能存在。陈思明先生是成就这本书的最大功臣，他介绍我认识了能促成这本书出版的人。我还要感谢国际扶轮社 3520 地区的诸多社友协助我募款，赞助“第二次机会”的慈善活动。

最后特别要谢谢埃洛伊丝·迪尔曼（Eloise Dielman），她花了许多时间，修正我原来英文文法上的错误，她专业的协助使得这本书的出版不至于遥遥无期。

我的感谢足以让我写满另一本书。在这段旅程之前，之中，之后，我所得到的远多于我的付出。这段旅程得以圆满结束，全都是因为你们。

我要对你们说，谢谢。